KB114038

역천마신

逆天魔神

이민섭 新무협 판타지 소설

FANTASTIC ORIENTAL HEROES

역천마신 2

이민섭 新무협 판타지 소설

초판 1쇄 찍은 날 § 2015년 12월 18일
초판 1쇄 펴낸 날 § 2015년 12월 24일

지은이 § 이민섭
펴낸이 § 서경석

편집책임 § 김현미

펴낸곳 § 도서출판 청어람
등록번호 § 제387-1999-000006호
등록일자 § 1999. 5. 31
어람번호 § 제2-2622호

주소 § 경기도 부천시 원미구 부일로 483번길 40 서경B/D 3F (우) 14640
전화 § 032-656-4452 팩스 § 032-656-4453
http://www.chungeoram.com
E-mail § chungeorambook@daum.net

ISBN 979-11-04-90568-1 04810
ISBN 979-11-04-90566-7 (세트)

역천마신

逆天魔神

②

이민섭 新무협 판타지 소설

FANTASTIC ORIENTAL HEROES

도서출판 청어람

제1장
단문세가

　제남에 위치한 단문세가는 과거에는 제법 유명한 무가였다.

　지금은 별 영향력 없는 가문이지만 그래도 과거의 명예만
큼은 아직 남아 있었다. 그것은 단문세가를 지탱하는 유일한
힘이고 미래를 기대하게 만드는 의지였다.

　문현이 마당을 지나가자 단문세가의 식솔들이 문현을 보며
수군거렸다.

　그 모습만 보더라도 단진천이 이들에게 존중받지 못했음을
알 수 있었다. 하지만 그다지 신경 쓸 필요는 없어 보였다.

　'외진 곳이라 마음에 드는군.'

제남에 위치했지만 인적이 드물었다. 연공을 하기에는 괜찮은 곳이다. 연무장도 잘 정돈되어 있고 무엇보다 문현의 마음에 드는 것은 뒤에 산이 있다는 것이다. 문현은 단문세가를 둘러보며 생각보다 나쁘지 않은 곳이라 생각했다.

문현이 당분간 지내기 좋은 곳이었다.

'만족할 만한 수준까지 도달한 후 악천산으로 가야겠어.'

사마종은 악천산에 자신의 모든 것이 있다고 했다. 사파 연맹주의 모든 것이라면 지금의 그가 감당하기엔 힘들 것이다. 그렇기에 감당할 수 있을 정도의 능력을 만들어야 했다.

'무공, 그리고 사법.'

지금 그의 열망은 무공에 있었다. 그리고 복수의 도구가 될 사법이 있었다. 자신은 지금보다 훨씬 강해질 것이다. 문현은 그렇게 확신했다. 누구도 넘보지 못할 정도로 강해질 것이다. 그리고 그들에게 처절한 괴로움을 줄 것이다.

인세가 지옥으로 느껴질 정도의 고통을 줄 것이다.

"오라버니, 괜찮으세요?"

"아무것도 아니다."

소미가 문현에게 물어오자 문현은 고개를 저으며 간단하게 답했다. 마당을 가로지르자 여인의 모습이 보였다. 중년의 여인인데 문현은 단진천의 모친이라 확신했다.

치장은 하지 않았지만 기품이 넘치고 어떤 위엄까지 느껴졌다. 그런 여자가 단문세가의 안주인인 당가연이 아니고 누구일까.

당가연은 단문현을 본 순간 체면을 차리지 않고 그에게 빠르게 달려왔다. 단문현은 당가연과 눈을 맞추고 깊이 고개를 숙였다.

딱히 말은 하지 않았다. 그녀의 눈에는 눈물이 흐르고 있었다.

"진천아."

"예."

"고생이 많았구나. 얼굴이 반쪽이 되었어."

당가연이 문현의 볼을 쓰다듬었다. 문현은 그 손길에서 사랑을 느꼈다. 처음 느껴보는 감각이다. 문현은 적절한 대응이 떠오르지 않았다. 경계를 심어줄 필요는 없었으나 어떻게 반응해야 할지 생각이 나지 않았다.

"들어가자꾸나."

문현은 조용히 당가연의 뒤를 따랐다. 문현은 단진천이 무척이나 어리석은 자라고 다시 한 번 생각할 수밖에 없었다. 부모의 사랑을 못 받아 삐뚤어졌다는 이야기는 흔히 들을 수 있다. 하지만 문현이 본 당가연은 자신의 아들을 무척이나 사랑하고 있었다. 그 많은 말썽을 일으킨 아들이 살아온 것을 보며 기쁨의 눈물을 주체하지 못하고 있었다.

방 안으로 들어온 문현은 당가연을 어떻게 대해야 할지 막막했으나 크게 고민할 필요는 없다고 생각했다. 단진천의 육체를 자신이 뒤집어쓰고 있다고는 그 누구도 생각할 수 없을 테니 말이다.

"그래, 몸은 다 나은 것이냐?"

"예. 거동에 불편함은 없습니다."

"다행이구나."

당가연은 이어 소미를 바라보았다. 당가연의 눈에 이채가 서렸다. 소미의 모습이 집을 떠나기 전과 많이 달라져 있었기 때문이다.

표정이 한층 풍부해진 것도 있지만 분위기 자체가 완전히 달라졌다. 마음을 닫고 있던 작은 소녀에서 이제는 제법 성숙한 분위기가 흐르고 있었다.

당가연은 진천과 소미 사이에 무슨 일이 있었다고 생각했다. 그것은 당가연이 바라는 일이기도 했다.

"호위를 내버려 두고 갔다고 들었다."

"죄, 죄송해요, 어머니."

"내가 얼마나 걱정했는지 아느냐? 무림맹까지는 먼 길이다. 무공을 익혔다고는 하나 세상은 그리 호락호락하지 않다. 네가 벌써부터 돈을 걱정하는 것이냐?"

소미는 고개를 숙인 채 아무 말도 하지 못했다.

"네가 똑똑하다고는 하나 세상과 견주기에는 턱없이 부족함을 알고 있느냐?"

"…제가 어리석었어요, 어머니."

문현은 당가연과 소미의 대화를 가만히 듣고 있었다.

당가연은 다소 엄한 음성으로 소미를 혼냈지만 그 내면에는 걱정과 안도가 담겨 있었다. 당가연이 소미를 훈계하고 문현을 바라보았다. 문현에게도 한마디 하려던 그녀는 입을 다물었다. 그녀의 아들은 사경을 해매다 기적적으로 살아 돌아왔다. 그런 아들을 평소처럼 나무랄 수는 없었다.

"소자에게 하실 말씀이 있으십니까?"

문현이 정중한 태도로 묻자 당가연은 살짝 몸을 떨었다.

단진천의 말투에는 늘 반항심이 섞여 있었다. 늘 자만에 차 있었으며 정중한 법이 없고 예의를 몰랐다. 제남의 망나니, 천둥벌거숭이라 불러도 전혀 손색이 없었다.

죽다 살아나서일까, 아니면 스스로 깨달은 것이 많아서일까. 당가연이 놀랄 정도로 진천은 변해 있었다. 진천의 분위기는 사내대장부라 칭해도 부족함이 없어 보였다. 눈빛은 차분하게 가라앉아 있고 그 속에 강한 열망이 보였다.

"정신을 차린 것이냐?"

"모르겠습니다."

"왜 모른다는 것이지?"

당가연이 문현을 뚫어져라 바라보며 물었다. 무언가 이상이 있는 것은 아닌지 걱정하는 눈빛이다. 문현은 그것을 눈치챘지만 소미는 아니었다. 소미에게는 어머니가 문현에게 따끔하게 훈계하는 것으로 보였다. 소미는 조마조마한 눈빛으로 문현과 어머니를 바라보았다.

"소자의 공부가 부족하여 아직 스스로를 돌보지 못하기 때문입니다."

"네 부족함을 아느냐?"

"소자가 충분하다고 생각하십니까?"

당가연은 고개를 저었다. 문현은 입을 닫고 아무 말도 하지 않았다. 당가연은 놀랍다는 눈으로 문현을 바라보았다. 그저 허황된 선문답에 불과했지만 달라진 아들의 모습을 확인하기에는 부족함이 없었다. 아들은 당당했으며 스스로를 감추는 법을 알고 있었다.

'아마도 사경을 헤맨 것이 큰 가르침이 된 것이겠지. 남들보다 총명한 아이였다. 천재라 불러도 부족함이 없는 아이였다. 단지 방탕함과 어리석음에 가려져 있을 뿐.'

당가연은 웃음을 보였다.

엇나간 단진천에게는 처음 보여주는 만족스러운 웃음이었다. 당가연은 문현에게 손을 뻗어 문현의 어깨에 내려앉은 먼지를 털어냈다.

"단문세가의 소가주로서 앞으로 잘해내길 바란다. 이 어미
는 늙어서 더 이상 버틸 수 없구나."

"알겠습니다."

소미는 당가연의 말에 크게 놀란 표정을 지었다.

당가연은 단진천을 단 한 번도 소가주로 인정한 적이 없었
다. 그럴수록 단진천은 더욱더 망나니짓을 해댔고, 당가연은
그런 그를 내쳤다. 그런데 지금은 달랐다. 당가연은 만족해하
고 있고 오히려 그녀의 오라버니는 별 감흥이 없는 모습이다.

"오, 오라버니, 괜찮으신가요?"

"무엇이 말이냐?"

"그게……."

소미는 쉽게 말을 이을 수 없었다. 어머니에게 인정받은 것
이 기쁘지 않느냐고 물을 수 없었다. 과거였다면 대놓고 물었
겠지만 지금의 소미는 그럴 수 없었다.

"소자는 그럼 이만 물러가겠습니다."

"그래, 푹 쉬도록 해라. 소미는 잠시 남거라."

문현은 정중하게 인사를 하고 밖으로 나왔다. 당가연은 소
미에게 할 이야기가 있는 모양이다. 그것 역시 문현이 신경 쓸
필요는 없었다.

'망나니로 지내는 편이 더 자유롭기는 하나 당가연 그녀는
보통 인물이 아니다. 어설픈 연기는 알아볼 것이 뻔해.'

문현은 연기에는 소질이 없었으니 자신의 모습을 보여주는 것이 오히려 더 자연스럽다고 판단했다. 그리고 왜인지 당가연을 속이기가 싫었다. 그것이 육체의 영향 때문인지 아니면 아직 끊어버리지 못한 무언가가 남아 있기 때문인지 알 수 없었다.

　'단진천만큼이나 나도 어리석군.'

　문현은 조금은 부드러워진 얼굴을 매만졌다. 그러다 금세 차가운 표정으로 돌아왔다.

　"어이구! 공자님, 다행입니다!"

　문현에게 식솔 중 하나가 다가왔다. 인상이 그리 좋지 않은 자로 행색을 보아 단문세가에 기거하는 하인으로 보였다. 하인은 두 손을 비비며 문현에게 웃음을 지어 보였다.

　"제가 얼마나 걱정했는지 아십니까? 헤헤."

　"……."

　"요 앞에 아주 좋은 주루가 개업했다고 하는데 어서 가시지요. 무사히 돌아오신 기념으로 회포를 푸셔야 하지 않겠습니까? 늘 하던 대로 준비해 놓겠습니다."

　문현은 은밀히 말하는 하인을 바라보았다. 하인은 사람 좋은 웃음으로 가장하고 있지만 눈빛에서는 탐욕이 느껴졌다.

　"네놈은 뭐지?"

　"예? 헤헤, 장난도 심하십니다. 소인 개철입니다요."

"너와 내가 언제 만났지?"

"공자님께서 삼년 전 떠돌던 저를 거두어주셨습니다요. 헤헤, 제가 잊을 리 있겠습니까?"

문현은 고개를 끄덕였다. 그러자 개철이 비열한 웃음을 지으며 허리를 굽실댔다. 자신을 낮추는 모습에서 가식이 느껴졌다.

그의 두 손은 하인답지 않게 굳은살이 없고 피부에는 개기름이 가득했다. 다른 식솔들과는 대조적인 모습이다.

'재미있군, 재미있어.'

단문세가 역시 평탄하지 않아 보였다. 제남의 제일세가라는 황보세가까지 흔들어 버린 그들이다. 단문세가 역시 세작이 있을 가능성이 농후했다. 어쨌든 지금은 힘이 없다고는 하나 과거엔 명문세가였다. 과거의 명성은 명예로서 남아 있기 때문에 단문세가는 충분히 경계할 만한 곳일지도 몰랐다.

"내 방이 어디 있는지 알고 있나?"

"당연합니다요."

"할 이야기가 있으니 앞장서도록."

개철은 이상하다는 표정을 지으면서도 웃음을 잃지 않았다. 개철이 굽실거리면서 앞장섰다. 개철은 순순히 단진천의 방으로 문현을 안내했다.

방 안은 잘 정돈되어 있었다. 침상 역시 단정하게 정리되어 있고 먼지 하나 없이 깔끔했다. 그것만으로도 문현은 당가연이 아들을 굉장히 사랑하고 있음을 알 수 있었다.

"저, 공자님."

"여비는 얼마나 챙기면 되지?"

"헤헤, 늘 하던 대로 은자 두 냥이면 충분합죠."

개철이 두 손을 비비며 공손하게 말했다. 그 모습에 문현은 피식 웃음을 머금었다. 은자 두 냥은 결코 적은 돈이 아니다. 하룻밤에 탕진하기에는 너무나 큰 금액이다.

문현은 개철의 태도로 단진천의 평소 행적을 파악할 수 있었다.

'제남의 망나니라 불릴 만하군.'

문현은 품에서 은자를 꺼내 개철을 향해 보여주었다.

"갖고 싶으냐?"

"역시 단문세가의 소가주님이십니다요. 헤헤."

개철은 입이 쩌억 벌어질 정도로 웃으며 문현에 손에 들린 은자로 손을 뻗었다. 은자가 개철의 손에 넘어갈 듯 가까워졌다. 하지만 은자는 바닥에 떨어졌다.

개철이 허겁지겁 바닥에 떨어진 은자를 주어 들었다. 뒷골이 싸늘해지는 감각에 개철이 천천히 고개를 들었다.

"억?!"

그 순간 문현이 개철의 마혈을 짚자 순식간에 개철의 몸이 마비되었다. 개철은 무공을 익힌 흔적이 보이지 않았다.

"누구의 사주냐?"

"무, 무슨 마, 말씀이신지……."

개철이 눈동자를 굴렸다. 문현은 그의 태도로 보아 확실히 무언가가 얽혀 있음을 알 수 있었다. 딱히 개철에게 진실을 요구한 것은 아니었다. 그냥 심증만 주면 되었다.

문현은 개철의 아혈을 짚었다. 개철에게 닥칠 고통은 분명 그가 감당하기 힘들 것이다.

"지금 말할 필요 없다. 어차피 곧 말하게 될 테니."

이해할 수 없는 문현의 말에 개철은 듣고만 있었다. 문현은 개철에게 섭혼술을 걸었다. 개철의 몸에 사기가 침투하며 그의 혼백을 장악하기 시작했다. 막대한 고통에 그의 눈에 핏발이 섰지만 문현은 멈추지 않았다.

개철은 몸을 부들부들 떨다가 그대로 바닥에 쓰러졌다.

잠시 후 움찔거리면서 일어난 개철이 문현의 앞에 무릎을 꿇었다.

"주군을 뵙습니다."

"누구의 사주냐? 네 배후에 누가 있지?"

"제갈세가에서 저를 매수했습니다."

"넌 뭐지?"

"남의 등을 후려 처먹고 사는 사기꾼입니다. 제갈세가에서 약점이 잡혀 단문세가에 보내졌습니다. 단문세가를 몰락시키는 것이 주목적입니다."

문현은 가볍게 고개를 끄덕였다. 진무방과 제갈세가는 아무래도 생각보다 밀접한 관계에 있는 듯했다.

"너 이외에 매수된 자가 더 있느냐?"

"여럿 있습니다."

"목적은?"

"그것까지는 모르겠습니다. 저는 그저 돈을 받고 주기적으로 보고를 올릴 뿐입니다."

개철의 말이 이어졌다. 개철은 단진천의 약한 마음을 살살 건드리고 위로하며 꽤나 가까운 사이가 되었다고 한다.

단진천을 그야말로 망나니로 만들기 위해서 수단과 방법을 가리지 않았다. 미약을 먹인 것도 모자라 도박으로 막대한 돈을 잃게 하고 주루에서는 바가지를 씌웠다. 그뿐만 아니라 당가연의 음식에 독을 타기까지 했다.

긴 시간을 들여 천천히 몸이 약해지도록 치밀하게 계산한 것이다.

'제갈세가, 상종하지 못할 놈들이군.'

제갈세가는 대인배인 척하며 단문세가의 입장을 봐주었지만 단문세가가 이토록 몰락한 원인이기도 했다. 딱히 제갈세가에게 원한 같은 것은 없지만 그들이 제남으로 진출하는 것은 막아야 했다.

개철은 문현에게 단문세가의 식솔 중 매수당한 이들을 모두 알려주었다. 단문세가는 선조의 유산으로 간신히 유지되고 있었다. 그조차도 빚에 휘둘려 단문세가에 남아 있는 식솔은 하인과 시녀가 전부였다. 과거 단문세가에 몸담았던 무인들은 모두 대우가 좋은 곳으로 떠나고 없었다.

"너는 늘 하던 대로 보고해라."

"존명!"

개철이 바닥에 머리를 찧으며 외쳤다. 문현은 그를 내려다보다가 물러가라고 손짓했다. 그러자 개철이 극진하게 예를 갖추고 물러났다.

"내가 이용해 먹을 곳에 발을 붙이게 할 수는 없지."

단문세가는 문현의 든든한 방패가 되어야만 했다. 무림맹에게 비수를 꽂기 전까지 그들의 든든한 우방이 되어야 했다. 무림맹의 신뢰를 얻었을 때야말로 무림맹의 마지막 날이 될 것이다.

'제갈세가, 진무방, 그들을 천천히 구워 먹는 것도 재미있겠지.'

문현에게는 그들이 예측하지 못하는 것이 있었다. 세상의 그 어떤 수법보다 사악한 사법이 있었다. 악을 더 큰 악으로 제압한다면 그것도 정도의 길이 아닐까?

악을 길들이는 것이야말로 문현이 가야 할 길인지도 몰랐다.

[운갑.]

[예, 주군.]

문현의 눈빛이 무척이나 차갑게 가라앉았다.

[하나씩 잡아들이도록. 모조리 다 수족으로 만들 것이다.]

[존명!]

문현은 창밖으로 지는 해를 바라보았다. 그들에게는 제법 긴 밤이 될 것이다.

*　　　　*　　　　*

아직은 웅크리고 있을 때였다. 문현은 그렇게 생각했다. 단문세가로 들어온 문현은 그 이후 밖으로 나가지 않았다.

그는 자신의 무공을 키우기 위해 수련에만 매진했다. 폐관 수련이라고 말하는 것이 옳을 것이다.

단문세가는 무가답게 남의 눈에 전혀 띄지 않는 연무장이 있었다. 홀로 독문 무공을 연마하기에는 그야말로 최적의 장소였다. 단문세가의 가주가 죽고 집안이 몰락하고 나서는 전혀 쓰지 않던 곳이다.

그곳에서 문현은 거의 살다시피 했다. 이제는 낡아 다 기울어져 가는 수련장이야말로 그의 집이 되어주었다.

"후우……!"

문현은 숨을 가다듬으며 자세를 취했다. 수라역천심법의 성취가 높아질수록 그의 기도는 압도적으로 변해갔다. 내공의 양에서는 절정 고수에 이르고도 남을 수준까지 도달해 있었다.

'일단 확실히 알고 있는 것부터 시작해야 한다.'

문현은 천천히 과거에 익힌 것들을 펼치기 시작했다. 삼재검법을 시작으로 육합권법에 이르기까지 아주 느리지만 정확한 동작으로 초식을 이어나갔다.

문현이 펼치는 무공은 분명 삼류 무공이라 불리는 것들이지만 그 위력은 달랐다. 혼기에서 발휘되는 무공은 막대한 파괴력을 보여주었다. 수라역천심법의 흐름에 맞춰서 삼류 무공은 훨씬 패도적인 모습으로 변모하고 있었다.

'기틀은 어느 정도 잡았다.'

문현은 그렇게 생각했다. 이제 알고 있는 무공을 펼치는 것에는 막힘이 없었다. 내공도 절정에 이르렀고 무공에 대한 이해도 역시 낮지 않았다. 하지만 절정의 벽은 아직까지 그를 보내주지 않았다.

'무엇이 문제일까? 내가 너무 초조해하는 것인가?'

문현은 상념을 지우려 노력하며 천천히 자세를 잡았다. 문현이 알고 있는 가장 강력한 권법은 역시 백보신권일 것이다. 그것은 현문 대사가 새롭게 정립한 절정 무공이고 현문 대사의 절기였다.

'부동심이라……'

백보신권의 핵심은 부동심이었다. 자신을 올곧게 세운다면 쓰러지지 않고 능히 백 보 밖의 적을 쓰러뜨릴 수 있었다. 하지만 문현에게는 무척이나 어려운 내용이었다.

'나는 누구인가?'

부동심을 이루기 위해서는 우선 자신을 알아야 했다.

문현은 그것이야말로 백보신권으로 통하는 길의 입구라고 생각했다. 답이 분명이 나와 있는 질문이다. 하지만 문현은 그 간단한 질문에 쉽게 대답할 수 없었다. 그 이유는 정신과 육체의 부조화에 있었다.

'나는 백문현이다.'

그는 천천히 백보신권을 펼쳐 보았다. 백보신권의 움직임은 그의 기억 속에 각인되어 있다. 문현은 눈을 감고 집중하였다. 그러자 현문 대사가 자신 앞에 있는 것 같은 착각이 들었다.

현문 대사는 바람과 같은 움직임으로 주먹을 흔들었다. 위태롭게 흔들리지만 그 중심은 굳건했다. 어떤 유혹에 휩쓸려도 그 중심은 흔들리지 않았다. 현문 대사는 단지 그렇게 서 있을 뿐이었다.

그것이 바로 백보신권의 시작이었다.

문현은 자신을 관조해 보았다. 그는 백문현이지만 그의 육체는 단진천이다. 백문현은 여태까지 그것을 알면서도 단진천의 존재를 인정하지 않았다. 그는 자신을 알았지만 단진천은 몰랐다. 그렇기에 지금의 자신을 모르는 것이 된 것이다.

'너는 단순한 천둥벌거숭이였나?'

많은 생각이 밀려들었다. 그것은 문현의 감정이 아니었다. 이미 사라진 단진천이 마치 문현에게 감정을 전해주는 것 같았다. 재능에 대한 오만함, 인정받고 싶어 하는 외로움, 기대에 대한 압박감, 그리고 이미 엇나가 버린 자신에 대한 후회.

그런 감정들이 한꺼번에 들이닥쳐 문현을 뒤흔들었다. 하지만 문현의 마음은 그 감정의 흐름에 결코 흔들리지 않았다. 그러기에는 문현이 겪어온 고난이 더 컸고 그가 짊어지고 있는 것이 너무나 많았다. 문현의 입장에서는 그저 어린아이의 투정 정도로 보였다.

문현은 그 감정을 거부하지 않았다. 어차피 자신에게 별다른 영향을 주지 않는 것들이다. 단진천의 투정 정도는 충분히 받아줄 수 있었다.

가만히 서 있는 현문 대사의 옆에 단진천의 모습이 보였다. 그것은 어쩌면 문현의 심상인지도 몰랐다. 단진천은 울고 있었다. 자신의 삶을 후회하며 그렇게 처절하게 울고 있었다.

'실컷 울어라.'

그는 그 말밖에 해줄 수 없었다.

단진천은 이미 죽었다. 백문현이 단진천의 몸을 차지하지 않았어도 그는 가망이 없었다. 문현은 단진천의 몸을 차지한 것에 대한 죄책감이 없었다. 그래도 그를 위로해 줘야 한다는 책임감은 느끼고 있었다.

'나는 강해질 것이다, 지금보다 훨씬. 스승님은 그 커다란 흐름에 대항하지 말라고 하셨다.'

문현은 그 말을 기억하고 있었다. 그날, 그 밤의 모든 것을 기억하고 있었다.

'커다란 흐름이라고? 웃기지 마라. 그것이 존재한다면 나는 더욱 커다란 폭풍이 될 것이다.'

자신의 앞을 가로막는 모든 것을 분쇄해 버릴 것이다. 그 대상이 어떤 자이든 상관없었다. 설사 그 거대한 흐름이 정의 라면 자신은 악이 될 것이다.

'그러니 넌 울지 말고 내가 되어라.'

단진천이 울음을 멈추고 백문현을 바라보았다. 이어 그는 깊은 숨을 내쉬더니 순간 그대로 사라져 버렸다. 그 순간 밀 려오던 모든 감정이 눈 녹듯이 녹아내렸다. 단진천의 투정은 문현의 굳건한 마음에 섞여 사라졌다.

문현의 자세가 현문 대사와 일치되었다.

'나는 백문현이다. 그러나 이름이 중요한 것이 아니겠지. 복수를 위해 단진천으로 살아야 한다면 단진천이 되어주마.'

그는 백문현이었다. 하지만 지금은 단진천이 되었다.

진천은 그것을 인정하는 순간 온몸이 통일되는 감각을 맛보았다. 그의 혈맥에서 흐르는 혼기가 선명하게 느껴지고 심장박동 소리가 분명하게 다가왔다.

그는 주먹을 빠르게 뻗었다. 소림의 현묘함과 수라역천심법의 어둠이 섞인 움직임이다.

두 눈을 감고 진천은 현문 대사의 움직임을 느꼈다. 현문 대사가 펼치는 백보신권과 자신이 펼치는 백보신권은 달랐다.

'부동심, 마음만 일치한다면 그 형태는 상관없다. 모든 몸짓은 마음으로 움직이는 것이다.'

진천의 움직임이 더욱 격해졌다. 백보신권의 잔잔함이 거친 태풍의 기세로 바뀌었다. 수라역천심법을 따라 혼기가 혈맥을 질주하며 폭발하듯 팽창했다.

진천은 다시 주먹을 뻗었다.

콰아아앙!!

공기를 가르고 뻗어나간 주먹이 연무장에 긴 상처를 남겼다. 그것은 단순한 기운이 아닌 권기였다. 그의 주먹에서 뻗어나간 권기가 연무장에 잿빛의 상처를 남겼다.

진천이 조용히 자세를 가다듬었다. 그의 심상에 있는 현문 대사와는 상반된 자세였다. 진천이 권법을 펼치며 빠르게 이동했다. 백보신권의 각 초식이 수라역천심법과 어울리며 다른 형태로 변해갔다. 백보신권의 현묘함과 수라역천심법의 사악함이 섞이는 무척 기묘한 광경이었다.

타앗!

진천이 다시 주먹을 뻗었다. 휘몰아치는 권기가 연무장의 대기를 찢어발겼다. 멀리 떨어져 있는 벽이 기이한 소리를 내며 금이 가기 시작했다. 혼기에 의해 부서져 가고 있는 것이다. 진천이 주먹을 거두었다. 그러자 그의 심상에 있던 현문 대사 역시 주먹을 거두었다.

그 둘의 위치는 확연히 달랐지만 같은 분위기를 풍기고 있었다. 현문 대사가 고개를 돌려 진천을 바라보았다.

자신과 다른 길로 가는 그를 배웅해 주는 듯 그렇게 바라보다 어둠 속으로 사라졌다.

"후우……"

진천은 조용히 눈을 떴다. 몸 안을 충만하게 감돌고 있는 내기가 자신이 절정에 이르렀음을 알려주었다. 확장된 감각과 어떤 흐름이 느껴졌다.

새로운 세계를 만난 충격에 진천은 그대로 우두커니 서 있었다.

"이게… 절정의 경지."

절정의 경지는 그가 생각한 것보다 훨씬 위대했다. 마치 다른 사람이 된 기분이 들었다. 진천은 주먹을 불끈 쥐며 자신이 펼친 백보신권을 떠올렸다. 진천은 그것을 수라신권이라 부르기로 했다. 그것은 현문 대사의 뜻대로 온전한 자신의 마음으로 펼쳐질 무공이다.

그의 기도가 달라져 있다. 날이 선 고수와 같은 기세를 흘리고 있다. 은연중에 방출되는 혼기는 위압적으로 그를 휘감았다.

그때 건물 밖에 숨어 있는 운갑의 기척이 느껴졌다. 절정에 이른 순간 자신의 주변 기척을 무척이나 세세하게 느낄 수 있었다.

[운갑.]

진천이 전음으로 운갑을 부르자 운갑의 몸이 잠시 떨리는 것을 느낄 수 있었다. 진천이 운갑이 있는 쪽을 바라보자 운갑이 건물 안으로 들어오며 그의 앞에 부복했다.

"주군, 감축드립니다."

"앞으로의 일을 생각한다면 그리 대단한 것이 아니다."

운갑은 여전히 머리를 숙이고 있을 뿐이다. 진천의 기세에 운갑은 감히 진천을 바라볼 생각조차 못했다. 진천이 기세를 누그러뜨리자 그제야 운갑의 떨림이 멈추었다.

"보고하라."

"수족들은 평소처럼 행동하고 있습니다. 얼마 전 그들과 접촉하려는 자들이 있었고, 자연스럽게 넘어갔습니다. 우리 쪽의 조치가 들킬 일은 없을 것 같습니다."

진천이 고개를 끄덕였다. 그야말로 혼백을 사로잡는 방법이기 때문에 섭혼술이 발각될 염려는 없을 것이다. 하지만 방심할 수 없었다.

"마님을 중독시킨 독은 아무래도 진무방에서 나온 것 같습니다. 출처를 추적한 결과 제갈세가 쪽은 아니었습니다."

"그렇군."

"그 하녀를 죽이지 않아도 괜찮겠습니까?"

운갑이 물었다. 운갑의 입장에서는 주군의 어머니를 죽이려 한 여자이니 당연히 고통스럽게 죽이는 것이 옳았다. 하지만 운갑은 예의상 물어본 말이었다. 하녀를 죽이는 것은 득보다 실이 많았다. 아직까지는 그들의 계획이 순조롭게 진행되고 있다고 착각하게 만들어야 했다.

"어차피 나를 거스르지 못한다. 날 위해 웃으며 죽을 수 있게 된 여자다. 운갑, 지금은 몸을 움츠리고 무공에 전념하도록."

"존명!"

운갑은 진천에게 깊이 고개를 숙여 보이고 그대로 사라졌다. 나약함이 없어진 운갑의 성취는 날이 갈수록 높아지고 있었다. 오로지 진천을 위해 자신은 돌보지 않고 수련에 매진하고 있었다.

운갑은 망설임도 없었다. 진천을 위하는 마음에 고통조차 잊었다. 운갑에게 알맞은 무공만 주어진다면 운갑은 분명 엄청난 속도로 발전할 것이다.

'악천산이라…….'

그곳에 적당한 것이 있을 수도 있었다. 하지만 지금은 때가 아니었다. 진천은 자신의 부족함이 느껴지자 마음을 다잡았다.

지금은 숨을 죽이고 힘을 길러야 할 때였다. 천천히 장악해 가는 흑막이 되어야 했다.

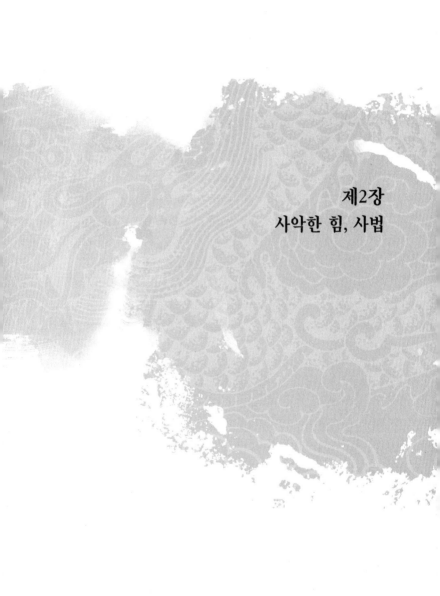

제2장
사악한 힘, 사법

　진천은 한동안 무공 수련에만 매진하며 얻은 깨달음을 완전히 자신의 것으로 만들었다.

　진천의 육체는 천하의 무골이라 칭해도 부족함이 없을 정도로 엄청난 성장 속도를 보여주었다. 게다가 수라역천심법의 성취가 깊어질수록 가속이 붙을 것이 분명했다.

　진천이 폐관 수련을 마치고 나오자 당가연의 모습이 보였다. 소미와 담소를 나누고 있는 모습이 무척이나 따듯해 보였다. 진천은 작게 미소를 지었다가 곧 깊은 한숨을 내쉬었다.

　'가족이라…….'

그의 가족은 죽었다. 그렇게 생각하자 따뜻한 마음이 조금씩 사라졌다.

"오라버니!"

소미가 진천을 발견하고 달려왔다. 얼굴이 제법 상기되어 있었다. 진천은 그런 소미를 바라보다가 당가연에게 살짝 묵례를 하였다.

당가연은 진천을 보곤 살짝 놀란 표정을 지었다. 진천의 분위기가 달라졌음을 확실히 알 수 있었기 때문이다. 그녀도 분가이기는 하지만 사천당가의 혈육이다. 비록 자질이 부족해 무공 실력은 뛰어나지 않으나 보는 눈은 있었다. 그녀가 단문세가로 시집온 이유도 가주의 사람됨을 보았기 때문이다.

당가연은 진천의 성취가 보통이 아님을 알아차렸다. 그리고 진천의 눈에 서린 야망과 어두운 감정 역시 눈치채고 있었다.

그녀는 진천을 잘 알았다.

"성취가 있었느냐?"

"예."

"어찌 된 영문인지는 묻지 않으마. 너는 어려서부터 똑똑한 아이였다. 소가주가 된 이상 모든 행동에 마땅히 책임을 져야 함을 명심하거라."

걱정이 담긴 당가연의 말이 진천의 마음을 뒤흔들었다. 진천은 살짝 떨리는 눈을 감추며 작게 고개를 숙였다.

"명심하겠습니다."

"그래, 이제야 내가 근심을 덜 수 있겠구나."

"몸은 괜찮으십니까?"

당가연은 진천의 말에 고개를 끄덕였다. 진천은 하녀를 통해 독을 주입하는 대신 해약을 주입하도록 명했다. 해약을 구하는 과정에서 그 독이 진무방의 것임을 알 수 있었다. 운갑이 알아낸 것이다.

"이젠 괜찮단다. 그간 먹은 약이 이제야 효능을 발휘하는 것 같구나."

"다행이군요."

"그래, 이제는 손주를 볼 생각으로 오래오래 살아야겠어."

진천이 당가연을 바라보자 당가연은 그런 진천을 따스한 눈길로 바라보며 입을 떼었다.

"황보세가에서 서찰이 왔더구나."

"그렇습니까?"

"잘해보거라."

진천은 대답하지 않았다. 그녀의 시선을 피하자 소미의 웃고 있는 얼굴이 눈에 들어왔다. 소미는 다 안다는 듯 진천을 바라보았다. 왜인지 진천은 그런 소미가 귀여워 보였다. 희연과 겹쳐 보이고 있었다.

절정의 경지를 깨달으면서 정신과 육체를 일치시켰기에 이런 마음이 드는 것일지도 몰랐다. 천둥벌거숭이인 단진천이 그에게 영향을 끼치고 있는 것이다. 그것을 진천은 인정하지 않고 있지만 말이다.

"잠시 자리를 비우겠습니다."

"그래, 가문의 일은 아직 신경 쓰지 말거라. 네 할 일을 하면 된다."

"알겠습니다."

진천은 짧게 대답하고는 걸음을 옮겼다. 뒤에서 소미가 따라왔다.

"어디를 가시나요?"

"볼일이 있다."

"그렇군요."

소미는 아쉬워하는 눈치다. 집에 돌아온 이후 거의 진천과 대화할 시간이 없었기 때문이다.

감정을 담은 소미는 외톨이었고, 담소를 나눌 또래 친우도 존재하지 않았다. 또한 기울어져 가는 가문을 돌보기 위해 작은 소녀의 몸으로 이곳저곳 다녀야만 했다.

진천은 당가연이 집 안으로 들어간 것을 보고 그런 소미에게 가죽 주머니를 건넸다.

"오, 오라버니, 이건……?"

"묻지 말고 현명하게 사용하거라."

소미는 가죽 주머니를 열어보곤 깜짝 놀랐다. 꽤나 많은 양의 은자가 들어 있었기 때문이다. 그것은 운갑을 통해 빼낸 황보세가의 은자였다. 일부분이기는 하지만 당장 단문세가의 숨통을 트이게 할 수는 있을 것이다.

"오라버니, 어머니께서 병마를 털어내신 것도 오라버니께서 한 일인가요?"

"무슨 뜻이냐?"

"그게… 오라버니께서 집에 돌아오고 난 뒤 분위기가 많이 바뀌었거든요."

"그저 우연이다."

소미의 말에 진천은 그렇게 말했다. 하지만 소미는 웃으면서 진천을 올려다보았다. 진천은 무심결에 그녀의 머리를 쓰다듬어 주었다. 그러다 흠칫하고는 얼른 손을 내렸다.

"그럼 어머니를 부탁하마."

"네, 다녀오세요."

진천은 소미의 배웅을 받으며 밖으로 나섰다. 묘한 기분이 들었다. 예전의 일들이 생각났다. 그것은 여전히 좋은 추억으로 진천의 마음속에 남아 있었다.

진천이 밖으로 나서자 운갑이 따라붙었다. 단문세가는 제남의 외곽에 위치해 있고 산을 끼고 있었기에 인적이 무척이나 드물었다.

"알아보았나?"

"네, 적당한 곳이 있었습니다. 외부에서는 발견하기 어려운 곳입니다."

"앞장서라."

운갑을 따라 진천은 산을 올랐다. 진천은 운갑에게 산중에 은밀한 공간이 있는지 찾아보라고 명령했다. 운갑은 몇 날 며칠 산을 헤매고 돌아다닌 끝에 마침내 찾아낼 수 있었다. 운갑과 진천은 거침없이 산을 올랐다.

절정에 오르면서 진천의 경공 역시 큰 발전이 있었다. 과거의 그가 시전하던 경공과는 확연히 달랐다. 수라역천심법의 영향으로 잿빛 잔상을 남기며 뻗어가고 있었다.

대나이신법이 기반이기는 하지만 그 모습은 찾아볼 수 없었다. 문현은 이것을 간단히 수라신법이라 부르기로 했다.

혼기가 주요 혈맥을 따라 질주했다. 절정에 이르며 세맥이 뚫린 까닭에 진천의 몸에는 활력이 넘쳤다.

얼마나 달렸을까? 산의 굉장히 깊은 곳까지 들어왔다. 작은 계곡을 지나자 수풀에 가려져 있는 동굴이 보인다.

"이곳입니다."

"좋군."

적당한 곳이다. 가까운 곳에 계곡이 있고 우거진 나무가 동굴을 가리고 있었다. 약간의 술수만 더한다면 완벽히 숨길 수 있을 것이다. 진천은 동굴 주변을 살피다가 멈칫했다.

"왜 그러십니까?"

"산의 주인이 있군."

"주인이라고 하시면……."

진천은 산에 대해 잘 알았다. 숭산에서 어린 시절을 보냈고 백문세가를 세운 원동력이 바로 산이다. 산에서 나는 온갖 약초들은 백문세가를 세울 수 있게 도와주었다.

산은 그에게 집이었다.

진천은 조용히 자세를 낮춰 눈앞에 있는 발자국에 손을 대보았다. 부드러운 흙은 수분을 충분히 머금고 있고 흙에 새겨진 발자국은 얼마 전에 생긴 것이다.

모양과 크기, 깊이를 보건대 예사 동물이 아니었다. 이 산의 주인으로 보였다.

"제가 미처 파악하지 못했습니다. 죄송합니다, 주군."

"아니다. 좋은 곳에는 늘 주인이 있게 마련이지. 오히려 잘되었다."

진천은 손을 털고 자리에서 일어났다. 운갑이 그를 돕기 위해 다가왔지만 진천은 손을 들어 그를 제지했다. 진천은 산에 진정으로 도전하기를 원했다. 이런 작은 산조차 마음대로 하지 못한다면 앞으로 나아갈 길은 없었다.

진천이 동굴로 다가가자 거대한 기척이 느껴졌다. 진천의 기감으로도 잡기 힘든 작은 기척이었지만 그 기척을 느낀 순간 굉장한 존재감이 느껴졌다.

진천은 내력을 일으키며 동굴을 바라보았다. 동굴 안에서 황금빛 눈동자가 번뜩이며 천천히 산의 주인이 모습을 드러냈다. 강인한 앞발을 시작으로 우아한 몸과 튼튼한 뒷다리가 보인다.

호랑이였다. 그것도 아주 새하얀 털을 지닌 백호였다.

진천은 백호를 본 순간 단번에 영물임을 알아차렸다. 백호가 탐색하듯 진천을 바라보았다. 진천도 백호를 바라보며 기세를 흘렸다.

크르릉!

백호가 으르렁거렸다. 날카로운 이빨을 드러내며 진천을 노려보았다. 그 기세가 사뭇 날카로웠지만 진천은 물러나지 않았다. 백호의 살기가 피부를 찌르는 듯하다. 주변에서 들려오던 벌레 소리, 새소리가 잠잠해졌다.

"네 산이냐?"

크르르!

백호가 진천의 말에 대답하듯 울음소리를 내뱉었다.

"하나 이제부터는 내 것이다."

과거의 진천이었다면 산에 도전할 생각은 하지 못했을 것이다. 산과 어울려 살며 그것을 당연하다고 생각했다. 하지만 진천이 사법을 제대로 익히고 그 결과물을 내기 위해서는 이 산이 필요했다.

진천과 백호는 서로를 노려보았다. 서로가 서로에게 호의적이지 않았다. 누구 하나는 죽어야 할 운명인 듯했다.

크아앙!

백호가 먼저 움직였다. 빠른 속도로 진천에게 달려들어 앞발을 휘둘렀다. 진천은 차분하게 보법을 밟으며 앞발을 피했다. 그러자 백호가 날카로운 이빨을 들이밀며 진천의 목을 물려고 했다.

뒤로 물러난 진천은 내력을 일으켜 수라신권을 펼쳤다. 백호는 권기가 서린 진천의 주먹을 몸을 비틀어 피했다. 본능적으로 심상치 않음을 느낀 것이다.

백호가 이리저리 뛰며 진천의 눈을 어지럽혔다. 진천은 그 움직임에 어울리며 보법을 밟았다.

'수라신권은 완성되지 않은 권법이다.'

백보신권에서 파생, 그리고 변형된 불완전한 권법이다. 완성된 무공을 만드는 것은 일대종사나 가능한 일이다. 스스로 깨달은 심득으로 형을 만들고 그 속에 흐름을 부여하는 것은 절정 고수에게 불가능했다.

진천은 다만 수라역천심법의 흐름을 바탕으로 백보신권을 재구성한 것에 불과했다. 당연히 진천의 수준으로는 백보신권보다 떨어질 수밖에 없었다.

휘이익!

백호의 앞발을 피한 진천이 백호의 몸통에 주먹을 꽂아 넣었다. 백호의 몸이 옆으로 밀리며 잠시 주춤했다. 진천은 그야말로 천하의 무골이었다.

백호의 움직임을 수라신권에 섞어내고 있는 것이다. 불완전하던 부분이 점차 보완되며 점차 나은 움직임을 보여주었다.

'호랑이를 잡으려면 호랑이가 되어야 한다.'

그것은 진천이 과거 이름난 사냥꾼에게 들은 말이다.

진천의 움직임이 백호를 닮아갔다. 수라신권은 더욱 날카로워졌고, 초식의 경로는 백호의 앞발을 보는 듯했다. 절정에 이른 내공은 진천에게 활력을 불어넣어 주고 있었다. 잿빛 권기가 터져 나가며 백호의 가죽을 때렸다.

크아아앙!

백호가 뒤로 물러나며 울부짖었다. 단단히 화가 난 듯 이빨을 크게 내밀며 진천에게 달려들 채비를 갖추었다. 진천은 그것을 지켜보며 자세를 잡았다.

진천의 어깨에서는 피가 흘러나오고 있었다. 백호의 손톱은 무척이나 날카로워 스치는 것만으로도 살점이 벌어졌다. 진천은 살기를 일으키는 백호를 눈앞에 두고도 전혀 물러섬이 없었다. 그 어떤 흔들림도 찾아볼 수 없었다.

'숭산에서 겪은 살기에 비하면 약과다.'

이미 그는 죽음을 경험했기에 설사 죽음이 찾아온다고 해도 부동심을 유지할 수 있었다. 그것이 수라신권의 기세를 더욱 흉포하게 만들어주었다.

백호가 살기를 내뿜어 사람의 마음에 두려움을 심어 넣는다면 백호를 능가하면 될 터였다. 진천의 기세에 살기가 섞여 나오기 시작했다. 그와 동시에 사혼단이 진천의 혈맥으로 사기를 흘렸다. 혼기와 섞인 사기는 잿빛에서 검은빛으로 바뀌어갔다.

진천의 기세가 일변했다. 진천의 모습이 검은 기류에 휩싸이기 시작했다. 넘실거리는 검은 기류 때문에 마치 날이 어두워지는 느낌을 주었다.

백호가 주춤거리며 뒤로 물러났다. 본능적으로 진천이 머금은 기운이 생명체에게는 치명적인 독임을 깨달은 것이다.

크르릉!

백호가 필사적으로 버텨내며 진천을 노려보았다.

진천의 주변으로 죽은 나뭇잎이 휘날렸다. 진천은 휘날리는 나뭇잎의 중심에서 자세를 잡았다.

"오너라."

백호가 전속력으로 진천에게 달려들었다. 강인한 육체에서 나오는 폭발적인 힘은 인간이 상대할 수 있는 것이 아니었다.

산의 왕, 산의 주인이라는 말에 걸맞은 모습이다. 백호의 앞발이 들리는 순간 진천의 모습이 일변했다.

휘익!

갈대처럼 흔들리는가 싶더니 그림자처럼 흐려졌다.

백호의 옆에 모습을 드러낸 진천의 일격이 백호의 옆머리를 후려쳤다.

퍼억!

진천은 거기서 끝내지 않고 초식을 이어갔다. 진천의 권은 능히 허공을 넘어 상대를 때릴 수 있었다. 백보신권의 강점이 바로 거기에 있었다. 수라신권 역시 그것을 전승하고 있었다. 하지만 다른 점이 있다면 상대를 생각하지 않는 살기였다. 그리고 사악한 위력이다.

검은 권기가 백호의 이마의 바로 앞에서 멈추었다. 타격이 전혀 들어가지 않은 것으로 보였지만 실상은 달랐다.

콰가가!

백호의 머리가 젖혀짐과 동시에 뒤로 크게 밀려나며 비틀거렸다. 코에서는 피가 흘러나오고 있다. 진천은 뻗은 주먹을 내리고 백호를 바라보았다.

"수라신권 흑천살."

깨달음 이후 처음 사용해 보는 초식이다. 백 보의 벽을 부수는 위력은 없지만 상대에게 치명적인 내상을 입히는 무서운 초식이었다. 백호가 비틀거리다가 주저앉아 숨을 헐떡였다.

진천은 백호의 숨을 끊기 위해 백호의 앞에 섰다. 집채만한 백호가 숨을 헐떡이며 애처롭게 진천을 올려다보았다. 하지만 진천은 백호를 봐줄 생각이 없었다. 산의 주인을 정복해야만 이 산에서 마음껏 행동할 수 있을 것이다.

진천이 백호의 숨을 끊으려는 순간 동굴 안에서 무언가 기어 나왔다.

아직 눈도 제대로 뜨지 못하는 백호의 새끼들이었다. 진천은 잠시 망설였다. 그것을 본 운갑이 진천의 옆에 섰다.

"주군, 자비를 베푸심이 어떠십니까?"

"자비를? 왜 그렇게 생각하느냐?"

"주군께서 망설이셨기 때문입니다."

운갑이 진심을 담아 진천에게 말했다. 진천은 고개를 끄덕였다. 망설이는 순간 살의는 없어졌다. 오로지 승자와 패자만이 있을 뿐이다. 백호의 품에서 아양을 떠는 백호의 새끼들을 보는 순간 진천의 살기는 모두 사라졌다.

"그래서 물러나지 않은 것이냐?"

백호가 울음소리를 내뱉었다. 진천은 그 모습을 보고 백호의 커다란 얼굴에 손을 가져다 대었다.

"내 것이 되겠느냐?"

백호가 힘겹게 혀를 내밀어 진천의 손을 핥았다. 진천은 그 모습에 백호가 완전히 굴복했음을 깨달았다. 하나 백호는 죽어가고 있었다. 진천의 혼기에 생명이 훼손된 것이다.

'사법이라면 살릴 수 있을지도 모르겠군.'

시도해 본 적은 없다. 하나 사법에 나와 있는 활강시를 만드는 방법을 응용한다면 백호를 살릴 수 있을지도 몰랐다.

진천은 일단 백호를 살리기로 마음먹은 이상 최선을 다할 생각이었다.

"운갑, 호법을 서라."

"존명!"

진천은 백호의 앞에 가부좌를 틀고 앉아 백호의 몸에 손을 얹었다. 그리고 호흡을 가다듬으며 수라역천심법을 운기했다.

사법을 떠올리는 순간 사혼단이 꿈틀거리며 존재를 드러내기 시작했다.

마치 진천을 잡아먹을 듯이 혈맥을 따라 질주했지만 수라역천심법 앞에서 그 위력을 잃고 순순히 그의 말을 들어주었다. 수라역천심법은 사혼단을 묶는 단단한 목줄이었다.

사기가 백호의 몸으로 스며들자 백호가 몸을 부르르 떨었다. 막대한 고통을 느낄 테지만 참아내고 있다. 백호의 선천지기에 사기가 섞여 들었다. 사기는 선천지기와 섞여 들어가며 정순한 백호의 기운을 검은빛으로 물들였다.

진천은 수라역천심법을 운용하며 사기가 선천지기를 모조

리 먹어치우는 것이 아닌, 물들이도록 노력했다.

시귀가 되어서는 안 되었다. 사기로서 생명을 유지하는 활귀가 되어야 했다.

백호는 순순히 진천의 마음을 받아들였다. 죽음을 목전에 두게 되자 진천에게 온전히 마음을 연 것이다. 사기가 백호의 내단을 물들였다. 그러자 백호의 하얀 털이 검게 물들어갔다. 눈처럼 하얗게 빛나던 털이 묵을 칠한 것처럼 까맣게 변했다. 백호의 황금 눈동자만 변함없었다.

"후."

진천이 숨을 내쉬었다. 그러자 검은빛 기류가 뿜어져 나오며 주변을 어지럽혔다.

백호는 이제 흑호가 되었다. 흑호는 안정적으로 호흡하다가 천천히 몸을 일으켜 진천의 앞에 무릎을 꿇었다. 그리고 진천의 손을 마구 핥았다. 집채만 한 호랑이가 애교를 피우는 광경은 무척이나 생경했다.

진천이 일어나자 흑호 역시 천천히 몸을 일으켰다. 아직 부상이 다 회복되지 않았지만 흑호는 움직였다.

"너는 이곳을 지켜라."

크르릉!

흑호가 진천의 말에 복종했다. 사람의 말을 알아듣는 영물이었다. 진천은 흑호가 오랜 세월을 살아왔음을 알 수 있었다.

진천의 말에 흑호는 울음을 내뱉고는 새끼들을 입에 물고 동굴 안으로 들어갔다. 진천은 산의 주인을 굴복시켰다. 산을 맘껏 이용할 수 있는 위치에 도달한 것이다.

'숭산에도 영물이 있었지.'

많은 영물이 있었다. 소림의 스님들은 영물을 결코 해하지 않았다.

"영물마저 굴복시키시다니 대단하십니다."

"이곳을 들킬 염려는 하지 않아도 되겠군."

"일을 처리하기가 좀 더 쉬워질 것 같습니다."

운갑의 말에 진천은 고개를 끄덕이며 말없이 동굴을 바라보았다.

"무엇을 하실 생각이십니까?"

"정해져 있지 않느냐."

진천은 작게 미소를 띠며 운갑을 바라보았다. 운갑은 그 미소에 소름이 끼쳤다. 웃고는 있었지만 눈빛이 너무나 차가웠다.

"진무방을 내 것으로 만든다."

운갑은 진천의 말에 몸이 떨렸다. 감동을 넘어서 격동에 이르자 그대로 무릎을 꿇으며 머리를 조아렸다.

"소신, 목숨을 바쳐 따르겠습니다."

"너의 이름은 운갑이 아니다. 앞으로 흑운(黑雲)이라 부르겠다."

"존명!"

흑운은 주인에게 인정받았다는 희열에 감히 고개를 들지
못하였다.

*   *   *

진천은 동굴을 둘러보았다. 동굴은 깊고 넓었다. 산의 주인
이 살기에는 안성맞춤이었다. 물도 흐르고 있었는데 그 물 위
로 은은한 녹색 빛이 비치고 있다. 그 귀하다는 야명주가 곳
곳에 달려 있다. 하나만 팔아도 제갈세가에 진 빚을 갚고도
남을 것이다.

끼잉!

진천의 발 앞에서 새끼 백호가 애교를 부렸다. 진천은 그
모습을 보다가 새끼 백호의 목덜미를 잡아 흑호 쪽으로 던졌
다. 흑호는 새끼 백호를 입으로 낚아채 바닥에 내려놓더니 앞
발로 살짝 새끼 백호의 머리를 내려쳤다.

주인을 방해하지 말라는 경고였다. 새끼 백호는 알아들은
듯 시무룩해졌다. 영물은 영물인 모양이다.

"소미가 좋아하겠군."

그렇게 내뱉은 진천은 잠시 멈칫했다. 자신답지 않은 말이

었기 때문이다. 진천은 고개를 저어 상념을 털어내고는 눈앞에 놓인 동물의 사체를 바라보았다. 흑호가 잡아온 동물의 사체였다. 새끼 백호가 이것을 달라고 애교를 부린 것이다.

하지만 먹기 위해 사냥한 것이 아니었다. 그는 고독(蠱毒)을 만들 생각이다.

"후우."

진천은 숨을 내쉬며 사기를 동물의 사체에 내보냈다. 동물의 사체가 급격히 생기를 잃기 시작했다. 조금 있으면 독을 지닌 벌레가 꼬일 것이고 벌레들은 살아남기 위해 싸울 것이다. 그리고 모든 사기를 흡수해 강력한 고독으로 탄생할 것이다.

고독은 쓸모가 상당히 많았다. 무공의 고수들은 섭혼술이 잘 먹히지 않으니 위험부담이 컸다. 하지만 고독으로 감염시킨다면 그들을 이용할 수 있을 것이다. 입신의 경지에 이른 고수들은 알아차릴 수 있겠지만 그러한 고수는 흔치 않았다.

'게다가 아무리 고수라도 방심하게 마련이지.'

고독의 무서운 점이 바로 그것이다. 자신도 모르게 감염될 수 있었다. 특히나 진천처럼 철두철미한 자에게 고독을 쥐어 준다면 막강한 위력을 발휘할 것이 분명했다.

진천은 바닥에 있는 다른 동물의 사체에도 사기를 뿌린 뒤 짚단으로 덮어놓았다.

"흑호, 이것을 잘 지켜라. 그 누구도 이것을 알아차리면 안

된다."

크르릉!

흑호가 알아들었다는 듯 울음을 내뱉었다. 진천은 이 동굴을 사혼굴이라 부르기로 했다. 진무방과 제갈세가를 장악할 때까지 이곳은 요긴하게 쓰일 것이다. 사법으로 행할 수 있는 것을 시험해 볼 좋은 장소였다.

'되도록이면 강시 같은 것을 만들어보고 싶지만 그건 여의치 않군.'

사람의 시체를 구하는 건 힘들었다. 특히 제남 같은 곳에서 자칫 잘못했다가는 무림 공적으로 몰릴 것이다. 진천은 고독에 주력하기로 마음을 굳혔다.

'사법에는 역용법도 있다. 일단 그것을 익혀야 한다.'

마교에서 쓰는 역용법은 일시적으로 조금 다른 인상이 되는 것이 전부지만 사법에 나와 있는 역용술은 그것을 넘어 완전히 다른 사람의 얼굴로 변하는 것이 가능했다. 얼굴의 골격과 피부를 마음대로 조절해 자연스럽게 상대의 얼굴을 복제할 수 있었다.

그것은 인피면구(人皮面具) 따위와는 비교도 되지 않는 수법이다. 입신의 경지에 이른 고수가 아니고는 이상함을 전혀 느낄 수 없을 것이다. 얼굴 자체가 바뀌니 어찌 알아차릴 수 있겠는가.

더 나아가서는 성별까지 조절이 가능했지만 그 정도 경지에 이르려면 수라역천심법을 대성하여 사기를 온전히 통제할 수 있어야 했다. 그 정도가 되면 오히려 다른 수법이 더 효율적일 것이다.

'수라역천심법을 대성한다면… 어쩌면 나도 화경의 고수, 아니, 현경의 고수가 될 수 있을지도 모르지.'

지금 겨우 삼성의 성취를 보이고 있다. 그럼에도 절정 고수가 되었는데 대성한다면 어떤 경지가 기다리고 있을까?

상상만으로도 흥분되는 진천이다. 하지만 진천의 그런 마음은 빠르게 가라앉았다.

'수련만 해서는 도달할 수 없다.'

벌써부터 어떤 벽 같은 것이 느껴지고 있었다.

진천은 흑호와의 대결에서 오히려 수련보다 많은 심득을 얻은 것을 깨달았다. 결국 실전 경험이 중요했다. 다양한 고수들과 맞붙어 그들의 깨달음을 자신의 것으로 만들어야 했다. 그것이 성장하는 길일 것이다.

'단진천은 정파의 고수로 성장해야 한다. 백도무림에서 명성을 얻어 무림맹의 핵심 인물로 자리 잡을 것이다.'

그리고 훌륭한 정파의 고수로 성장한 단진천의 뒤에 숨을 인물이 필요했다. 음지에서 활약할 수 있는 그런 인물 말이다. 무림맹과 마교에 처절한 복수를 하기 위해선 한 신분으로는 불가능했다. 그것이 진천의 판단이다.

진천은 일단 진무방을 장악한 뒤에 생각해 보기로 했다. 그것을 위해서라도 역용술을 완벽하게 익혀야만 했다.

"흑운."

"부르셨습니까, 주군?"

흑운은 동굴에 있는 야명주를 모으다 말고 진천에게 다가왔다.

"거기 그대로 서 있어라."

"존명!"

진천은 흑운을 바라보며 수라역천심법을 운용했다. 사법을 떠올리며 역용술을 행해보았다.

으드득!

진천의 얼굴이 일그러짐과 동시에 뼈가 어긋나는 소리가 들렸다. 고통이 느껴졌지만 진천은 멈추지 않았다. 흑운의 얼굴을 보고 역용술을 시전한 것이다.

"주, 주군?"

"어떤가?"

"송구하오나 자연스럽지가 않은 것 같습니다."

진천은 고개를 끄덕이며 역용술을 풀었다. 그러자 빠르게 본래의 얼굴로 돌아왔다.

"흑운, 구결을 불러주겠다. 사기를 바탕으로 한 무공을 쓰니

너도 충분히 익힐 수 있을 것이다."

"존명!"

흑운은 이유를 묻지 않았다. 주군께서 하는 일이라면 무조건 따를 준비가 되어 있었다.

진천은 그런 흑운을 완전히 신뢰하고 있었다. 흑운은 죽는 한이 있어도 진천을 배신할 일이 없을 것이고 진천 역시 그를 버릴 일이 없을 것이다.

*   *   *

진천은 단문세가와 사혼굴을 오가며 무공과 고독 제작에 힘을 쏟았다. 절정의 경지에 이르러 단전이 열렸기 때문인지 쌓이는 혼기의 양이 점점 많아졌다. 수라역천심법은 여느 절정의 심법과 비교해 보아도 축기의 속도가 빠를 것이다. 사혼단이 있기에 그 어떤 영약을 먹은 것보다 내공 증진이 빨랐다. 벌써부터 반 갑자를 넘어 한 갑자를 바라보고 있었다.

오만한 마음이 생길 수도 있겠지만 안타깝게도 그의 적들이 너무나 강했다. 무림맹주만 하더라도 지존이라고 추앙받는 자다. 특히 더욱 경계해야 하는 곳은 마교였다.

그 속을 알 수 없기에 무림맹보다는 마교가 더욱 신경이 쓰였다.

'조급해할 필요는 없겠지.'

멀리 내다봐야 했다. 그들이 최고의 순간을 맞이하고 있을 때 되갚아줄 것이다.

진천은 사혼굴에서 동물의 사체들을 바라보았다. 진동하던 썩은 내는 보름째가 지나가자 더 이상 나지 않았다 가죽과 뼈조차 남기지 않고 모조리 녹아 없어져 버렸다.

그 자리에 꿈틀거리는 좁쌀만 한 검은 것이 보였다. 수많은 독충이 사기에 버무려져 서로를 먹으며 매일 전쟁을 치렀다. 그 속에서 살아남은 것이 바로 고독으로 탄생된 것이다.

사혼단과 이어져 있는 고독은 진천의 수라역천심법을 운용한다면 자유롭게 조종할 수 있었다.

이것이 사람의 혈맥을 따라 뇌로 침입한다면 그 사람은 진천의 명을 거역할 수 없을 것이다.

"고독은 완성되었군."

진천은 비단에 작은 고독들을 담았다. 고독의 생명은 너무나 끈질겨 끓는 물에 넣는다고 해도 죽지 않을 것이다. 진천은 고독의 능력을 실험해 볼 상대로 진무방을 택했다. 진무방을 은밀하게 장악하기에 고독만큼 좋은 것은 없었다.

"주군."

흑운이 진천의 뒤에 나타났다. 진천이 고개를 돌려 흑운을 바라보자 흑운이 고개를 숙이며 입을 떼었다.

"제갈세가에서 사람이 오고 있습니다. 제갈소현이 직접 오는 모양입니다."

"벌써 그럴 때가 되었군."

"아무래도 말씀하신 빚을 받으러 오는 것이 분명합니다."

제갈세가에 진 빚이 있었다. 과거 단진천이 벌인 일, 그리고 치료비를 빌린 것을 포함하면 꽤나 많은 돈이다. 단문세가로서는 당장 지불할 수 없을 정도의 금액이다.

제갈소현이 말한 단진천을 데려간다는 것은 사실상 불가능한 조건이었지만 그만한 것을 요구할 전제 조건이 될 것이다.

어쩌면 단문세가가 소유한 땅을 내놔야 할지도 모른다. 선조들이 세운 근간이 무너질 수도 있는 사안이었다.

'그걸 감수하고 단진천을 위해서 돈을 빌린 것이겠지.'

제갈세가가 제남에 진출할 구실로는 알맞았다. 누구의 머리에서 나온 것인지는 모르지만 제법 대단한 계책이었다.

'아마도 그 여자겠지.'

진천은 입가에 웃음을 머금었다. 그녀와 만났을 때 그녀를 무시한 것이 많은 도움이 되었다. 사람을 보내서 처리하면 될 일을 그녀가 직접 움직인 것이다. 분명 자신의 위에 군림하여 통쾌한 감정을 느끼고 싶어서일 것이다.

'아직 어리군.'

아무리 약한 상대라도 적이라 생각한다면 방심해서는 안

된다.

적진에 자신의 모습을 드러내는 것은 먹어치울 수 있는 확신이 있을 때이다. 그녀는 분명 똑똑했지만 실로 오만했다.

"은자는 준비해 놓았습니다."

황보세가의 일 때 빼돌린 것과 야명주를 처분해서 모은 많은 양의 은자가 있었다.

상당히 많은 자금이 진천의 수중에 있었지만 흑운을 제외하고는 그 누구도 그것에 대해서 몰랐다.

"가도록 하지. 슬슬 이름을 알릴 때가 온 것 같다."

"주군의 무공이면 금세 제남에서 명성을 얻으실 수 있을 것입니다."

진천은 바로 걸음을 돌려 사혼굴 밖으로 나왔다. 사혼굴 밖에 이르자 웅크리며 햇살을 받고 있던 흑호가 고개를 들었다. 흑호의 품에서 잠을 자고 있던 새끼 백호가 진천의 앞으로 다가왔다.

진천은 그것을 바라보다가 새끼 백호를 손에 들었다. 크기가 작아 진천의 손에 너무나 간단히 들렸다. 진천은 그대로 경공을 전개하여 단문세가로 향했다.

단문세가로 돌아온 진천은 초조해하고 있는 소미를 발견했다.

"오라버니, 제갈세가에서 사람이……."

"알고 있다."

소미가 걱정스러운 눈으로 진천을 바라보았다. 진천의 눈에 소미의 뒤에 있는 제갈세가 사람들이 들어왔다. 제갈세가의 호위 무사들이 있고 그 중심에 제갈소현이 미소를 짓고 있다.

"오랜만이군요, 단 공자님."

진천은 그저 고개를 끄덕일 뿐이었다. 진천의 모습에 제갈소현의 얼굴이 일그러졌지만 곧 다시 미소를 지으며 진천을 바라보았다. 제갈소현은 진천의 손에 들려 있는 새끼 백호를 보며 눈을 반짝였다.

"백호? 어머나! 혹시 저에게 주는 선물인가요? 귀여워라."

"갖고 싶소?"

진천이 제갈소현을 보며 웃었다. 진천의 미소는 사람의 마음을 설레게 하는 마력이 존재했다. 진천은 화사한 웃음을 짓고 있는 제갈소현을 무시하며 새끼 백호를 소미에게 건넸다.

소미가 얼떨떨한 표정으로 새끼 백호를 품에 안고 진천을 바라보았다.

"오다가 주웠다."

"네?"

"가져라."

진천은 그렇게 말하고는 소미에게서 눈을 돌려 제갈소현을 보며 말했다.

"욕심이 지나치신 것 같소."

"단 공자님이 하실 말씀은 아니군요."

"그러길 바라겠소."

제갈소현의 얼굴이 일그러져 있다. 제갈세가의 호위 무사는 살기까지 띠며 진천을 노려보았다. 진천은 제갈소현의 그런 모습에 다시 미소를 지었다.

"어서 일을 마무리 짓도록 하지요."

"알겠소."

진천이 소미를 바라보자 소미는 새끼 백호를 품에 안고 어쩔 줄 몰라 하고 있다. 새끼 백호가 소미의 품에서 애교를 부리고 있었다.

"소미야."

"네?"

"어머니께 나오실 필요 없다고 전해드려라. 내가 저지른 일은 내가 마무리 짓겠다."

진천은 제갈소현을 데리고 접대실로 들어갔다. 본래는 진천의 어머니인 당가연과 먼저 만나야 하지만 진천은 제갈소현을 당가연에게 데려가지 않았다.

"무례하시군요."

"무엇이 말이오? 호위의 무장도 풀지 않은 채 방 안으로 들어온 소저가 말이오?"

"홍, 그것에 대한 이유는 단 공자님께서 잘 아실 텐데요? 제가 단 공자님께 겁탈이라도 당한다면 큰일이잖아요?"

과거 단진천이 제갈소현에게 수작을 부린 것을 알고 있다. 하지만 미심쩍은 부분도 있었다. 시기가 공교롭게도 절묘했다.

진천은 제갈소현의 말에 소리 내어 웃었다. 화를 낼 줄 알았는데 진천이 웃어넘기자 제갈소현의 얼굴이 굳었다. 과거의 단진천이었다면 분명 냉정을 잃고 주도권을 빼앗겼을 것이다.

"제 농이 지나쳤네요."

제갈소현은 그렇게 말하고는 앞에 놓인 차를 한 모금 마셨다. 단진천은 제갈소현이 차를 마시는 모습을 바라보았다.

"그것보다 은자는 준비되었나요?"

"준비되지 않았다면?"

"단 공자님께서 제갈세가로 가서서 빚진 만큼 일을 해줘야겠지요. 그것을 거부하신다면 단문세가가 소유한 땅의 절반을 받는 것으로 마무리 지을까 해요. 단문세가의 입장에서는 손해 보는 장사가 아닐 텐데요?"

진천은 고개를 끄덕였다. 동의한다는 뜻이 아니다. 역시 자신의 예상이 맞았기 때문이다. 어차피 한 세가의 소가주를 데려가 일을 시키는 것은 불가능했다. 그런 조건을 내건 것은 망신을 주고 기선 제압을 한다는 것에 목적이 있다.

'땅을 잃는다면 단문세가는 더 이상 명맥을 유지할 수 없겠

지. 산동의 주요 상권에서 밀려난 지도 오래되었으니 말이야.'

과거에는 상단과 더불어 표국까지 운영하던 단문세가이다. 그러나 지금의 단문세가의 상태는 과거의 명성을 먹어가며 남아 있다고 해도 과언이 아니었다.

제갈세가는 역시 제남 진출을 노리고 있었다. 황보세가의 영향력이 약해진다면 충분히 진무방과 함께 제남에서 영향력을 행사할 수 있을 것이다.

만약 그렇게 된다면 산동무림의 커다란 지각 변동이 예상되는 상황이다. 물론 진천은 그렇게 하도록 놔두지 않을 것이다. 황보세가, 제갈세가는 서로 견제하여야만 한다. 그 사이에서 철저히 이득을 취할 생각이다.

"어떻게 하실 건가요?"

"제갈세가는 욕심이 많군. 과한 욕심은 화를 부르게 마련이오."

"뭐라구요?"

제갈소현이 놀라자 제갈소현의 뒤에 있던 호위 무사가 살기를 일으켰다. 진천은 기세를 일으켜 제갈세가의 무사들을 노려보았다. 그러자 제갈세가의 무사들이 움찔거리며 뒤로 물러났다.

"무례하오. 살기를 일으켜 단문세가의 소가주를 핍박하려 하다니, 대단히 치졸한 수법이군. 안 그렇소?"

진천의 기세에 압도당한 제갈소현이다. 제갈소현은 이쯤 되니 헛갈릴 지경이다. 몇 번 만나보지는 않았지만 과거 자신이 알던 단진천은 분명 다루기 쉬운 자였다.

죽을 위기를 겪고 무언가 깨달은 것이 있는지 사람이 달라져도 너무나 달라져 있었다.

제갈소현은 일단 사과하기로 했다. 어쨌든 세가와 세가가 만난 자리였다.

"무례를 범한 점 사과드려요."

"알면 됐소."

"으읏."

제갈소현이 입술을 깨물었다.

싸늘하게 말하는 단진천의 시선이 그녀의 속을 긁어놓았다. 자신의 손 안에 있다고 생각한 자가 자신을 이리 가지고 노니 열이 받을 수밖에 없었다. 제갈소현은 똑똑했지만 노련한 진천을 상대하기에는 아직 어렸다.

제갈소현은 진천의 기세에 흔들리기는 했지만 무조건 자신이 유리하다고 생각했다. 어쨌든 단문세가는 빚이 있다. 그 빚은 단문세가의 지금 상황으로는 갚기 힘들었다. 그것을 생각하자 제갈소현은 여유가 생겼다.

단진천이 아무리 재주를 부려도 없는 자금을 만들 수는 없었다.

"소가주님, 여기 명하신 것을 가지고 왔습니다."

그때 단문세가 사람이 들어와 진천에게 잘 장식된 나무 상자를 건넸다. 그는 역용술로 얼굴을 바꾼 흑운이었다. 흑운은 나무 상자를 진천에게 건네고 예를 표한 후 사라졌다. 진천은 무거운 나무 상자를 가볍게 들어 상 위에 올려놓았다.

"이건……?"

"은자요."

"그런……?!"

진천이 아무렇지도 않게 상자를 열자 그곳에는 은자가 가득 들어 있었다. 제갈소현이 보기에도 빚을 갚기에 충분한 양이었다. 제갈소현은 일이 잘못되었음을 느꼈다.

"빌린 건가요?"

"상관없잖소?"

"누구에게 빌린 거죠?"

진천은 대답하지 않고 제갈소현을 바라보았다. 너무나 차가운 진천의 눈빛이 제갈소현의 눈동자에 꽂혔다. 제갈소현은 진천이 자신을 전혀 신경 쓰지 않고 있음을 깨달았다. 예전에 보여주던 호감 어린 눈빛은 전혀 찾아볼 수 없었다. 제갈소현은 왠지 강한 상실감을 느꼈다.

"말해줄 의무는 없소."

"지금 이 시기에 이 정도의 자금을 빌려줄 수 있는 곳은 정해져 있지요. 혹여……."

"가지고 가시오. 이것으로 제갈세가와의 관계는 끝났소."

진천은 먼저 자리에서 일어났다. 황보세가와 얽힌 일 덕분에 제갈세가를 끊어버릴 수 있게 되었다. 황보세가의 일이 없었더라면 야명주가 있다고는 해도 빠른 시일 내에 이 정도 자금을 준비하기는 힘들었을 것이다. 게다가 꼬리가 잡혀 곤란할 수도 있었다.

"…다음에 뵙기를 바랄게요."

"살펴 가시오. 배웅은 하지 않겠소."

진천은 망설임 없이 등을 돌렸다. 제갈소현은 분하다는 눈빛을 감추지 않으며 진천을 바라보았다.

제갈소현의 눈에 진천이 굉장히 크게 보였다. 진천에게 그런 느낌을 받는다는 것이 무척이나 자존심이 상한 그녀였다.

조금은 거친 발걸음으로 제갈소현이 나가자 진천은 웃음을 그렸다. 제갈소현의 찻잔에 고독을 숨겨놓았다. 진천은 제갈소현의 몸에 아무런 영향 없이 고독이 침투한 것을 보고는 내심 조금 놀랐다.

'생각보다 대단하군.'

지금은 몸에 아무런 영향이 없지만 고독은 점점 자라 그녀에게 막대한 영향을 끼칠 것이다. 고독은 온전히 진천이 통제할 수 있다. 제갈소현의 목숨을 쥐고 있는 것과 마찬가지였다.

제갈소현이 무사들을 데리고 단문세가를 나가자 소미가 진천을 찾아왔다.

"오라버니, 일은 어떻게 되었나요?"

"모두 마무리되었다."

"그 많은 은자를 어디서……"

"네가 걱정할 일은 없을 것이다.

진천은 그렇게 말하고는 입을 닫았다. 소미는 진천이 요즘 밖으로 자주 외출하는 것과 관련이 있다고 생각했다. 소미는 이제 진천을 완전히 인정할 수밖에 없었다.

"죄송해요, 오라버니."

"뭐가 말이냐?"

"저는… 오라버니의 재능을 질투하고 있었는지도 몰라요. 어린 마음에 오라버니를 무시하고 그래서……"

"신경 쓸 필요 없다. 기억하고 있지 않으니."

진천은 그렇게 말하며 이대로 무시하고 싶었지만 백호를 품에 안고 자신을 올려다보는 소미의 모습은 진천의 차가운 마음에 따듯함을 깃들게 했다.

"이 아이의 이름을 설(雪)이라고 지었어요."

"그렇군."

"굉장히 똑똑해요. 제 말을 다 알아듣는 것 같아요."

진천은 고개를 끄덕였다. 새끼 백호는 흑호의 자식답게 제법 똑똑한 모양이다. 벌써부터 소미를 잘 따르는 것을 보면 호랑이다운 모습은 없었다.

진천은 어느새 단문세가의 가족들이 자신의 마음에 들어와 있음을 깨닫고는 놀랐다. 하지만 그것을 인정해야만 했다. 그것이 단진천의 마음일 것이다.

'네 가족만큼은 지켜주도록 하마. 그러니 너와 난 강해져야 한다.'

진천은 그렇게 생각하며 마음을 차분히 가라앉혔다. 진정한 복수를 위한 여정은 이제부터 시작이었다.

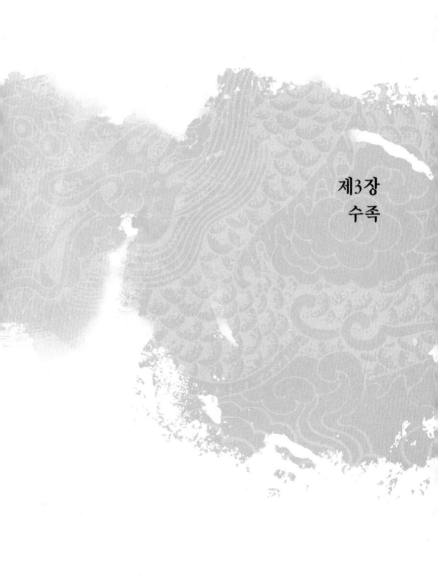

제3장
수족

　제갈세가와의 빚이 해결되자 단문세가는 활력을 되찾아가기 시작했다. 이제 진무방만 해결하면 되었다. 진천은 백도무림에 진출할 발판으로 진무방을 선택했다. 단진천이 명성을 얻고 그 밑으로는 다른 자를 내세워 진무방을 장악할 생각이다. 역용술도 이제는 자연스러워졌으니 충분히 해볼 만했다.

　진천은 오랜만에 고급스러운 의복으로 갈아입었다.

　과거 진천이 입던 옷은 모두 커서 다시금 그의 신체에 맞춰야만 했다.

　진천은 해가 지기 시작할 즈음 단문세가를 나섰다. 흑운이 뒤에서 따라왔다. 많은 일을 하려면 흑운이 표면으로 올라와야 했다. 진천은 흑운을 호위 무사로 받아들였다.

"오랜만에 술을 한잔하겠군."

"그것이 좋을 것 같습니다. 주군께서는 조금 휴식을 취하실 필요가 있습니다."

"그럴 필요가 있어 보이나?"

흑운은 작게 미소 지으며 그저 고개를 숙일 따름이었다. 진천은 진무방이 운영하는 기루 쪽으로 발걸음을 옮겼다. 산동 무림인들이 많이 찾는 곳이 바로 진무방에서 운영하는 청월루였다. 금전적으로 황보세가를 앞지를 수 있던 이유 중 하나가 청월루가 있기 때문이었다.

"청월루주는 무척이나 아름다운 여인이라고 합니다."

"독을 지녔겠지."

"전갈과도 같은 여자라 하더군요."

청월루주에 대한 소문은 무척이나 파다했다. 제남의 호사가들이 제일 좋아하는 주제이기도 했다. 진천은 청월루가 있는 거리로 진입했다. 아직 이른 저녁임에도 많은 사람이 오가고 있었다. 청월루가 있는 거리는 번화했고, 제남의 다른 면모를 보여주었다.

"산동무림인이 다 모인 것 같군요."

"재미있군."

진천이 걷기 시작하자 많은 이가 진천을 바라보았다. 고귀한 티가 철철 흐르는 진천이다 보니 시선이 집중되고 있었다. 밖에 나와 있는 기녀들은 노골적으로 진천을 바라보며 요사스러운 웃음을 지었다.

"황보 소저가 싫어하겠군요."

"당연히 그녀도 여자이니 이런 곳을 싫어하겠지. 하나 진무방을 적으로 두었다면 직접 와봐야 할 것이다."

"그런 뜻이 아니었습니다만… 그런 것 같습니다."

흑운은 왠지 황보미윤에게 동정심이 생겼다. 흑운은 황보세가 쪽의 정보도 수집했는데 황보미윤은 거의 매일 사람을 통해서 그의 주군의 안부를 파악하곤 했다. 바쁜 와중에도 그런 것을 보면 참으로 정성이 지극했다.

'주군께서도 후계를 양성하셔야 할 텐데… 이후 세력이 커질 때를 대비해서 말이지. 황보미윤이 가장 적합하다. 그녀의 성정으로 볼 때 주군께 충분히 도움이 될 터.'

흑운의 충성심은 미래를 내다보고 있었다. 그것을 진천은 알 리가 없었다.

안타깝지만 진천은 여자를 잘 몰랐다. 치열하게 살아오다 보니 여자와 가까워질 여유가 없었기 때문이다.

"저곳이 청월루입니다, 주군."

"크군."

"이제는 제남의 밤 하면 모두 청월루를 떠올린다고들 합니다."

무림인뿐만 아니라 제남을 오가는 많은 상인이 보였다. 분명 막대한 자금이 이곳에서 오고 갈 것이다.

진천은 진무방의 세력을 이곳에서 가늠해 볼 수 있었다. 제남에서 황보세가를 제쳤다는 것은 결코 허명이 아니었다.

'위세가 참으로 대단해.'

진천이 보기에도 진무방의 성장세는 이제 시작인 걸로 보였다. 뒷골목, 흔히 암흑가라 칭해지는 곳은 이제 진무방의 손안에 있는 듯 보였고, 제남의 상권에까지 손을 뻗고 있었다. 이 정도가 되니 제남제일가라는 황보세가를 압박할 수 있는 것이다.

'황보세가 쪽이 불리하겠어.'

진무방이 이토록 급속도로 성장하는 배경에는 분명 거대한 집단이 있었다.

진천은 청월루로 향했다. 가까이에서 본 청월루는 화려했다. 진천은 자신에게 향하는 시선들을 무시하며 청월루 안으로 들어섰다.

청월루 안은 무척이나 붐볐다. 중앙에는 금을 켜는 기녀들이 있고 그 주위에 자리가 마련되어 있었다. 진천은 굳이 그곳으로 가지 않고 조금 멀리 떨어져 있는 일반석에 자리했다.

진천은 간단하게 술과 안주를 주문하고는 주위를 둘러보았다. 많은 상인과 무림인의 모습이 보였다. 산동의 중소 방파 인물들이 상당히 많았다. 산동무림의 대세로 떠오르기 시작한 진무방이니 그들이 이쪽으로 찾아오는 것은 어찌 보면 당연한 일이었다.

최근에는 제남의 모든 거래가 이곳에서 이루어진다는 과장된 소문까지 돌았다. 그저 농담이라 치부했는데 실제로 보니 농담 안에 뼈가 들어 있었다.

"저도 이 정도일 줄은 몰랐습니다. 저기 저자는 화중상단의 상단주입니다. 고려에서 들여온 인삼을 주로 유통하고 있지요."

흑운이 알고 있는 자들이 꽤나 있었다. 표사로 일할 당시 많은 상인을 만나본 까닭이었다.

흑운도 이 정도로 이름 높은 상인들이 많이 와 있을 줄은 몰랐다는 듯 놀란 표정을 지었다. 진천이 이곳에 오는 것만으로도 효과가 컸다. 단문세가의 명맥을 이을 자가 바로 진천이다. 그가 멀쩡하게 살아 있으니 신경을 쓰지 않을 수 없을 것이다. 비록 망나니라는 소문이 나기는 했지만 진무방의 인물들이 분명 눈여겨볼 것이 분명했다.

"주군, 움직이는 것 같군요."

"그렇군."

진무방의 사람들이 어디론가 사라졌다. 진천은 그 모습을 보면서도 태연하게 술을 따랐다. 기녀들이 켜는 금음이 은은하게 귀를 어지럽혔다.

"오! 설화다!"

"설화가 내려오다니!"

2층에서부터 설화라 불리는 여인이 내려왔다. 단아한 복장을 한 미녀였다. 청월루에서 아름답기로 소문난 여인인데 반해 그 얼굴을 보기는 힘들다는 설화가 직접 내려온 것이다.

사람들이 숨죽여 그녀를 바라보았다. 주변의 무림인들 역시 그녀에게 관심을 두었다. 진천은 그저 살짝 바라보다가 고개를 돌렸다.

설화가 진천을 향해 다가왔다.

"안녕하시옵니까? 설화라고 하옵니다."

"볼일이 있소?"

"단문세가의 소가주께서 어찌 이리 누추한 곳에서 술을 들고 계신지요."

진천은 설화의 말에 피식 웃어 보였다. 진천에게서 뿜어져 나오는 기품은 가히 대단했다. 사람을 접대하는 데 일가견이 있는 설화조차 놀랄 정도였다.

"자리가 무슨 상관이 있겠소."

"안으로 드시지요. 특별히 모시겠습니다."

진천은 가라앉은 눈빛으로 설화를 바라보았다. 설화에게서 무공을 익힌 흔적이 느껴졌다.

절정의 경지에 이르자 진천은 상대방의 무공 수위를 얼추 짐작할 수 있었다. 게다가 수라역천심법은 상대방을 꿰뚫어 볼 수 있는 묘리까지 지니고 있다.

'정도의 무공은 아니군. 유혹술에 가까울지도 모르겠어.'

사법을 익힌 진천에게 사술, 혹은 사파의 무공은 쉽게 파악되었다.

사법 중에는 기녀들이 익힐 만한 것도 상당수 존재했다. 남자의 기를 빼앗는 사술, 그리고 색공을 이용하여 남자의 혼백을 제압하여 꼭두각시로 만드는 사술도 존재했다.

섭혼술과 비슷하지만 무공을 지녔든 그렇지 않든 남자에게는 치명적이다.

특히 설화 같은 여인이 그러한 것을 익혔다면 더더욱 그랬다. 설화의 눈빛이 요사스럽게 변했다. 노골적으로 진천을 유혹하고 있었다. 하지만 설화의 그런 눈빛 뒤에서는 그 어떠한 감정도 찾아볼 수 없었다.

"됐소. 내켜하지 않는 상대에게 대접받기는 싫소."

"단 공자님, 그게 무슨 말씀이시옵니까?"

"그대 자신에게 물어보시오."

진천의 말에 설화가 무안한 표정을 지었다. 이런 적이 처음이라 당황한 것 같았다.

"남자를 유혹하는 기술 따윌 익힌 여자에게 볼일은 없소."

"그, 그런⋯⋯."

"역겨운 냄새가 나는군."

진천은 일부러 설화에게 독한 말을 뱉어냈다. 심상치 않은 주변의 반응을 보니 먹혀든 모양이다.

설화는 청월루에서 거의 여신으로 추앙받고 있었다. 그런 설화에게 대놓고 무안을 주고 게다가 모욕적인 말까지 하니 무림인들이 흥분하지 않을 수가 없던 것이다.

뒤에 있던 무림인들이 진천 쪽으로 다가왔다.

"보아하니 단문세가의 공자 같은데 너무 건방지군."

덩치가 산처럼 큰 자였다. 권법을 주로 쓰는지 주먹에는 굳은살이 가득했다. 하지만 어딘가 부자연스러웠다. 오른팔이 왼팔보다 더 길고 손바닥은 검을 오래 잡은 자들에게만 나타나는 굳은살이 박여 있었다.

진천의 뒤에 서 있던 흑운이 나서려 하자 진천이 손을 들어 제지했다.

"용무가 있소?"

"모름지기 사내라는 자는 여자의 청을 거절하지 말아야 하는 법. 한데 그리 무안과 모욕을 주니 산동무림인으로서 안 나설 수 있겠소?"

"망나니라 소문이 자자하건만 역시 사실이구만! 안 그렇소, 여러분?"

"사내의 법도를 모르는 자요!"

사내에 이어 주변에 있던 자들이 하나같이 박수치며 그의 말에 호응했다. 그러자 설화가 요사스러운 미소를 지었다.

"어머, 혹시 산동권룡이라 불리는 금풍진 대협이 아니신가요?"

"맞소. 이리 기억해 주시니 고맙소. 그러지 말고 나와 한잔하겠소?"

"말씀은 고마우나 저는……."

설화는 살짝 얼굴을 붉히며 진천을 바라보았다. 과장된 연기였지만 모두들 진천에게 손가락질을 했다.

"단문세가의 소가주는 사내가 아니군!"

"맞소!"

금풍진의 말에 무림인들이 동조했다. 진천은 들고 있던 술잔을 식탁에 내려놓았다.

"말이 지나치군. 금풍진이라 했나?"

"그렇다만?"

"네 말에 책임을 질 수 있겠나?"

금풍진이 피식 웃으면서 진천을 노려보았다.

"제남의 망나니가 오늘은 사람을 잘못 골랐다. 사내란 무엇인지 가르쳐 주지. 여기 있는 자들이 모두 증인이 될 것이다."

"좋군."

진천이 자리에서 일어났다. 금풍진은 비웃음을 머금으며 밖을 가리켰다. 밖에서 승부를 보자는 말이다. 금풍진이 앞장섰고 진천이 뒤따랐다. 장내에 있던 자들이 모두 몰려나왔다. 이런 구경거리를 놓칠 수 없었다.

거리에 나온 진천과 금풍진이 서로를 마주 보았다.

"내 오늘 너를 혼내주고 설화 소저에게 무릎을 꿇리겠다."

"그게 조건인가? 그렇다면 난 네가 사내구실을 못하게 만들어주지."

"건방진 놈!"

금풍진이 먼저 자세를 잡았다. 금풍진은 산동에서 신진고수로 명성을 날리는 자였다. 무림에서 손꼽힐 정도의 고수는 아니었지만 그래도 제법 이름이 알려져 있었다. 일류를 벗어나 막 절정에 이른 기량을 가지고 있었다.

그 정도만 되더라도 진천에게는 위협적일 것이다.

[주군, 금풍진의 권법은 매섭기로 유명합니다.]

흑운이 전음을 보내왔다. 확실히 금풍진의 기세는 보통이 아니었다. 자세를 보아하니 상당히 안정적이고 틈이 없었다. 확실히 이름값을 하는 모양이다.

'좋은 공부가 되겠군.'

절정의 고수와 맞붙는 것만큼 좋은 경험은 없었다.

진천은 자신이 지더라도 손해가 아니라고 생각했다. 강해질 수 있다면 여인에게 백번이라도 무릎을 꿇을 것이다.

'하지만 이겨야겠지.'

주위에 눈이 많았다. 단문세가의 소가주를 경계하게끔 만들어야 했다. 그래야 진무방의 시선이 황보세가와 단문세가로 분산될 것이고, 그렇게 되면 뒤에서 활약하기 쉬울 것이다.

'매수당한 하인들을 이용하면 더 꾸미기 쉽겠지.'

하인을 이용해 정보를 흘려서 제갈세가와 진무방이 어느 정도 관련이 있는지 알아보는 것도 중요했다. 진천은 생각을 정리하며 금풍진을 바라보았다. 어쨌든 여기서는 금풍진을 이겨야 했다.

진천은 자신이 있었다. 수라역천심법이 그에게 막대한 내공을 전해주고 있기 때문이다.

"선공은 양보하도록 하지."

금풍진이 패기 있게 말했다. 진천은 그런 오만한 말에도 표정이 전혀 변하지 않았다. 금풍진의 말이 떨어지기가 무섭게 진천의 몸이 앞으로 쏘아져 나갔다.

보법을 밟으며 가볍게 주먹을 내질렀다. 금풍진은 크게 당황하며 수비 초식을 전개해 진천의 주먹을 막았다.

쿠웅!

금풍진의 몸이 들썩이며 뒤로 밀려났다. 금풍진은 내력을 일으켜 간신히 내상을 모면했다. 진천은 손을 내리면서 금풍진을 바라보았다. 금풍진의 얼굴이 붉어졌다. 자존심이 크게 상한 까닭이다.

'별것 아니군.'

진천은 그렇게 생각했다. 금풍진은 절정에 이른 것이 분명했지만 진천에게는 왜인지 그가 상당히 약해 보였다.

진천이 상대한 어떤 자들에 비할 바가 아니었다. 차라리 황보세가의 일 때 싸운 절정 고수가 더 강할 것 같았다.

"하앗!"

이번에는 금풍진이 먼저 달려들었다. 금풍진의 내력을 담은 주먹이 바람을 가르며 진천에게 쏟아져 왔다. 진천은 보법을 밟으며 금풍진의 주먹을 가볍게 피해냈다.

진천의 움직임은 대단했다. 금풍진이 마치 그림자를 때리는 것 같이 느껴졌다. 구경꾼들이 감탄하기 시작했다.

금풍진의 주먹이 권기를 머금었다. 그가 산동권룡이라 불리게 된 초식을 전개하려는 것이다. 마치 늑대의 이빨을 보는 것 같은 날카로운 초식이 전개되었다.

진천은 그것을 보며 육합권법을 전개했다.

수라신권은 숨겨두어야 했다. 수라역천심법을 운용하며 혼기에서 최대한 사기를 없앴다. 그러자 그의 주먹이 탁한 푸른빛을 띠기 시작했다. 수라역천심법의 위력이 여기서 모습을 드러냈다.

콰앙!

먼저 뻗은 것은 금풍진이었지만 진천의 주먹이 먼저 그의 가슴을 때렸다. 금풍진의 몸이 들썩이며 뒤로 밀려나갔다. 막대한 내공을 바탕으로 펼쳐지는 육합권법은 결코 삼류 무공이 아니었다.

금풍진은 가슴을 잡더니 울컥 피를 토해냈다. 진천의 내공이 그의 몸을 파고든 것이다. 사기를 없앴지만 그 본질마저 사라진 것은 아니었다.

"치, 침투경? 육합권법으로 침투경을 쓰다니……!"

금풍진이 놀라며 외쳤다. 그는 곧 자세를 바로 잡으며 달려들었다. 여기서 물러날 수는 없었다.

특히 제남의 망나니라 불리는 단진천에게 지는 것은 아주 큰 수모였다. 그렇게 된다면 어찌 산동무림에서 얼굴을 들고 다닐 수 있을까. 명성을 먹고사는 무림인에게는 치명적이었다.

금풍진의 권법은 날카로움을 잃었다. 그가 냉정을 잃으면서부터 그의 강점이 없어진 것이다. 그가 아무리 산동권룡이라 불려도 냉정을 잃는 순간 용의 발톱과 여의주를 버린 셈이다.

"하아앗!"

금풍진의 주먹이 진천에게 닿지 못하고 옆으로 흘렀다. 진천의 육합권은 그야말로 방어에서는 엄청난 위력을 보여주었다. 마치 눈이 세 개라도 달린 것처럼 전 방위에 걸친 공격을 손쉽게 흘리거나 막았다.

금풍진의 틈이 보이자 진천은 내력을 끌어올리며 주먹을 뻗었다. 검푸른 권기가 터져 나가는 순간 금풍진의 몸이 허공을 유영했다.

"크억!"

공중에 떠오른 금풍진의 몸이 바닥에 떨어졌다. 금풍진은 일어나려고 했지만 일어날 수가 없었다.

"제, 제남의 망나니가 산동권룡을 꺾었다!"

"이럴 수가! 단지 육합권법만으로……!"

"절정 고수?"

진천은 내지른 주먹을 내렸다. 방금 전의 수법은 육합권법을 살짝 변형한 것이다. 방어에는 뛰어난 초식을 보유한 육합권법이지만 너무 방어에 치중한다는 단점이 있었다. 그것에 살짝 그가 깨달은 권법의 묘리를 섞은 것이다. 진천의 뛰어난 오성과 골격은 그것을 가능하게 만들어주었다.

진천은 나름 깨달은 것이 있었다. 방금 전 대련으로 초식의 흐름을 깨달았다.

모든 무공은 몸으로 전개하는 것이다. 전설로나 전해지는 이기어검이나 어검술이라면 말이 다르겠지만 그 외의 무공은 몸을 움직여 펼치는 것이다.

당연히 초식에 흐름이 있을 수밖에 없다. 그 흐름을 벗어나 예측이 불가능해지는 경지가 바로 입신의 경지로 보였다.

'멀었군. 아직은 멀었어.'

그것을 화경이라 부를 것이다. 진천은 저 멀리에 있는 화경의 경지를 어렴풋이 느꼈다. 너무나 높아 결코 넘을 수 없을 것 같은 벽이었다. 그것을 자각한 순간 진천의 기도는 더욱 완숙해졌다.

진천은 깨달음을 정리하며 넘어져 있는 금풍진을 바라보았다. 금풍진은 분한 기색이 역력했다. 진천은 그가 왜 분해하는지 알 것 같았다. 아마 그의 본신 무공은 따로 있을 것이다. 하지만 패자는 아무 말도 할 수 없었다.

"약조는 지켜야겠지?"

진천의 말에 금풍진이 몸을 부르르 떨었다. 진천이 한 말이 떠올랐기 때문이다. 진천의 눈에는 진심만이 가득했다.

"저, 정말 그럴 것이오?"

"약조를 지키지 않는다면 사내라 할 수 없지 않겠나?"

진천은 내력을 일으켰다. 금풍진이 몸을 덜덜 떨며 진천을 바라보았다. 주변에 도움을 구했지만 절친한 동료라 여기던 이들이 모두 그를 외면했다. 그들 중에서는 금풍진이 제일 강했고, 그런 금풍진을 간단히 꺾은 진천을 이길 수 없었기 때문이다.

설화도 냉정한 표정으로 금풍진을 바라보고 있었다. 금풍진은 이 순간 모든 것을 잃었다는 생각이 들었다.

진천이 손을 뻗었다. 그러자 흑운이 절도 있는 걸음으로 다가와 두 손으로 검을 건넸다. 다른 이들의 표정에도 감탄이 서렸다. 흑운의 무공의 경지도 대단해 보였기 때문이다.

진천은 공중에 한 번 검을 휘두르고는 금풍진을 바라보았다. 금풍진은 두 눈을 질끈 감으면서도 물러나지 않았다. 그가 물러나지 않은 까닭은 그도 사내였기 때문이다. 그것만큼은 잃을 수 없었다. 하지만 진천이 검을 휘두른다면 그것마저 잃을 것이다.

진천은 내력을 검에 흘려보냈다. 검에는 조예가 없었지만 물아일체의 경지는 검에도 통용되었다.

내력이 스며듦과 동시에 검기가 서렸다. 탁한 푸른빛을 머금은 검기는 막대한 내공을 바탕으로 넘실거렸다.

서걱!

진천이 검을 꽂아 넣었다. 금풍진은 검이 꽂혀 들어가는 순간 몸을 부르르 떨었다. 그러고는 자신의 중요 부위를 바라보았다. 그곳의 바로 앞을 지나며 검이 바닥에 꽂혀 있다. 금풍진은 천천히 고개를 들어 진천을 바라보았다.

"자네가 날 사내로 생각하지 않으니 굳이 사내의 약조를 지킬 필요는 없겠지."

진천은 그렇게 말하며 검을 회수해 흑운에게 건넸다. 주위의 사람들이 진천의 그런 아량에 감탄했다.

"제남의 망나니라 불리는 것은 역시 소문이었나?"

"저 정도면 오대세가의 소공자들과 견주어도 손색이 없겠는데?"

"허허허, 몸을 숨긴 잠룡이었단 말인가?"

"소문으로 들었는데 제갈세가의 제갈소현이 한 방 먹었다더군."

진천의 주변이 시끄러워졌다.

진천은 속으로 만족해하며 등을 돌렸다. 금풍진은 제법 쓸 만한 희생양이 되어주었다. 진천으로서도 일이 이렇게 잘 돌아가리라고는 생각하지 못했다.

"흥이 식었다."

"예, 주군."

진천은 금풍진을 바라보았다.

[사내라면 다음에는 너의 무공으로 덤벼보거라. 견식해 보고 싶군. 그것이 약조를 깬 이유다.]

"……!"

금풍진은 깜짝 놀라며 진천을 바라보았다. 아무런 감정 없이 자신을 내려다보고 있는 진천이 너무나 커 보였다. 그리고 그의 안목에 감탄했다. 자신이 꺼리는 무공이 있다는 것을 파악한 것이다.

'도대체 이자는……?'

무공 수위는 분명 절정, 하지만 그것보다 훨씬 큰 것을 지닌 사내였다. 그것은 마치 과거에 존경하며 닮기를 원하던 사파 연맹주를 보는 것 같았다.

"설화라 하였소?"

"네? 아, 네."

"아까 전의 언행은 사과드리오. 술이 좀 과했나 보오."

"아, 아니옵니다."

진천은 부드러운 미소를 지으며 설화를 바라보았다.

설화는 그런 진천의 웃음에 몸이 떨려왔다. 옷자락을 꽉 쥐면서 그런 떨림을 간신히 참아내고 있었다.

진천이 너무나 두려워진 것이다. 그가 가지고 있는 무공이 두려운 것이 아니었다. 저 미소가, 알 수 없는 무언가가 두려웠다.

"방금 전에 한 말, 아직 유효하오?"

"그렇사옵니다."

"그럼 안내해 주시오."

설화는 몇 번 숨을 고르고는 우아한 몸짓으로 그를 안내하기 시작했다.

주변의 모든 시선이 단진천을 향했다. 어느새 단진천의 기품을 찬양하는 자들까지 생겼다.

방금 전 그 모욕적인 말들은 술을 마시고 한 실수 정도로 여겨졌고, 그마저도 예를 갖추어 사과했다. 게다가 금풍진에게 이겼지만 아무런 조건 없이 풀어주었으니 단진천의 인품을 오히려 좋게 평가하기까지 했다.

망나니에서 귀공자로 탈바꿈하는 순간이었다. 금풍진은 그 모습을 보며 피식 웃었다.

'하하, 당했군. 내가 당했어. 진정으로 큰 사람이다.'

멀어지는 진천의 등을 금풍진은 그 자리에 굳은 채로 하염없이 바라보았다. 금풍진의 두 눈에서 눈물이 흘러나왔다. 그 것은 분함, 그리고 그 감정을 넘어선 감동이었다.

*　　　　*　　　　*

설화를 따라 진천은 화려한 방 안으로 안내되었다. 흑운은 방 밖에서 대기하였고, 진천과 설화만이 방 안에 있다.

상이 차려지고 설화가 덜덜 떨리는 손으로 술잔에 술을 따랐다. 진천은 묵묵히 한 잔 받아 마셨다.

"무엇이 두려운 것이지?"

"공자님이 두렵습니다."

"날 유혹하려던 것이 아니었나?"

"두려운 사람을 어찌 유혹하겠사옵니까?"

진천은 고개를 끄덕였다.

설화의 몸에서 음기의 형태를 가진 탁기가 느껴졌다. 그렇기에 진천의 기세에서 뿜어져 나오는 사기를 느낀 모양이다. 내공으로 볼 수 없을 정도로 탁했다. 그것은 맹독에 가까울 것이다.

무공으로 음기가 섞인 사기를 축적한 것 같지는 않았다.

"나보다 더 두려운 자가 있는 모양이군."

"그, 그건……."

그녀는 결코 자리를 뜨지 않았다. 안색이 새파랗게 변할 정도인데도 말이다. 잠시 침묵이 내려앉았다. 설화는 말할지 말지 고민하는 모양이다.

'탁기라……. 그것을 다루는 자가 있는 모양이군.'

진천은 그 탁기를 다루는 자가 설화의 주인임을 알 수 있었다. 그녀의 몸에 탁기가 섞인 음기를 강제해 놓아 굉장한 고통이 시달리게 만든 것 같았다.

그녀의 눈빛에서는 많은 한이 느껴졌다.

진천은 그녀를 수족으로 만든다면 청월루를 좀 더 쉽게 장악할 수 있을 것이라 확신했다.

"저를 어찌하실 생각입니까?"

"어찌할 것 같으냐?"

"이토록 자신을 드러내신 것을 보면 저를 곱게 돌려보내 주진 않겠지요."

진천은 고개를 끄덕였다. 그러자 그녀의 표정이 딱딱하게 굳었다.

[자유를 주마.]

"네? 그 말씀은……?"

[나는 이곳을 먹어치울 생각이다.]

진천은 탁자를 손으로 쓰다듬으며 말했다. 진천의 전음에 설화가 몸을 흠칫 떨며 주위를 살폈다. 은밀한 방이기 때문에 듣는 귀는 없었다.

설화는 많은 고민을 했다. 눈앞의 이자는 분명 청월루주의 상대가 되지 못했다. 하지만 그에게서 느껴지는 그 무언가는 청월루주 이상이었다. 예전부터 기감이 민감하기에 위험한 자가 다가오면 구별하곤 했다.

이 사내는 위험한 자가 아니었다. 그 위험을 만들어내고 지배하는 자였다.

'청월루주를… 없애주기만 한다면 나는 무엇이라도 바칠 수 있어.'

계속 삶을 이어가 보았자 남는 것은 고통뿐이다. 청월루주에게 철저하게 이용당하고 종국에는 버려질 운명이다. 아니, 그전에 청월루주가 자신을 취할 수도 있었다.

[청월루주, 그자는 피에 미친 자입니다. 젊은 여자의 음기를 먹고 삶을 연명하는 흡혈귀입니다.]

[청월루주라…….]

[그자를 죽여주신다면 무슨 짓이든 할 수 있사옵니다. 자유의 달콤함보다는 그자의 죽음을 원합니다.]

진천은 진한 미소를 지었다. 그가 웃음을 내뱉자 설화도 그에 맞춰 웃음소리를 냈다. 하지만 눈은 웃고 있지 않았다.

[그것이면 되겠느냐?]

[예.]

[저항하지 마라.]

진천은 그렇게 말하며 사기를 그녀의 몸에 흘려보냈다. 그녀는 눈을 감고는 몸을 부르르 떨었다. 막대한 고통이 느껴졌지만 입술을 깨물며 참아냈다.

그녀의 선천지기가 사기로 물드는 순간 그녀는 고통 대신 해방감을 맛보았다. 탁기가 주는 고통으로부터 해방된 것이다.

진천은 탁기를 건드리지 않고 그녀의 선천지기만을 장악했다. 청월루주가 해놓은 술수를 깨뜨린다면 들킬 가능성이 있기 때문이다.

하지만 그것만으로도 그녀는 고통에서 해방되었다.

설화가 자리에서 일어나 진천에게 큰절을 올렸다.

[주군을 뵙습니다. 소리 내어 인사하지 못해 송구하옵니다.]

설화는 옷을 가다듬고 편안한 표정으로 진천의 옆에 앉았다. 그리고 조용히 술을 따랐다.

[청월루주에 대해 말해보아라.]

[그자는 사람의 목숨을 먹고 입신의 경지에 이른 고수입니다. 사파 연맹에서 높은 위치에 있던 자이나 사파 연맹주가 죽고 진무방을 세운 주요 인사 중 하나입니다.]

진천은 고개를 끄덕였다. 청월루주는 역시 진무방에서 중요한 위치를 차지하고 있는 자였다.

'입신의 경지라……'

자신도 그와 같은 경지를 밟아야 했다. 사법만 믿고 있다가는 일을 그르칠 수가 있었다. 청월루주와 같은 경지에 오르고 사법을 쓴다면 완벽하게 일을 도모할 수 있을 것이다.

[알겠다. 너는 본래대로 행동하고 있거라.]

[예, 알겠사옵니다.]

이번에는 설화가 먼저 웃음을 내뱉었다. 전과는 다른 아름다운 웃음이다.

＊　　　＊　　　＊

진천은 앞으로의 일을 생각하며 단문세가로 향했다.

'매혹술이라…… 그것도 나쁘지 않겠지.'

청월루에 설화를 심어놓았으니 이제 청월루에 대한 정보는 막힘이 없을 것이다. 그리고 사기로 인해 더욱 깊어진 매혹술은 많은 남성의 마음을 훔칠 것이 분명했다.

사법에 나와 있는 매혹술은 말 그대로 이성에게 자신을 사랑하게 만드는 사술이다. 섭혼술과 같은 방향성을 가지고 있으나 내공의 고하에 상관없이 이성을 흔들 수 있다는 장점이 있었다. 수라역천심법으로 발현한다면 그 효과는 그야말로 대단할 것이다. 물론 그다지 내키지 않는 방법이지만 말이다.

설화의 매혹술은 그것에 비할 바가 아니었지만 사기를 머금었으니 충분히 위력적일 것이다.

'입신의 경지라…….'

진천은 자신이 완숙한 절정의 경지를 밟고 있음을 알고 있었다. 더 높은 길로 나아가기 위한 방법 역시 깨닫고 있었다. 내공의 양은 결코 문제가 되지 않았다. 주화입마도 상관할 바가 아니었다.

그에게는 사혼단이 있기 때문이다. 그렇기에 폭발적인 성장이 가능할 것이다.

'주변이 정리된다면 수행에 들어가야 한다. 적어도 청월루주

와 같은 경지를 밟고 있지 않으면 곤란해. 사법은 만능이지만 전능은 아니니 말이야.'

진천이 그런 생각을 하며 어두운 길을 가고 있을 때 뒤에서 기척이 느껴졌다. 기척이 작은 것으로 보아 보통 사람은 아니었다. 진천이 뒤를 바라보자 흑운이 검에 손을 올려놓으며 기척을 주시했다.

기척의 주인이 천천히 자신의 모습을 드러냈다. 진천은 그자가 누군지 단번에 알 수 있었다.

"금풍진."

금풍진이었다. 앙갚음을 하기 위해 온 것 같지는 않았다. 살기가 없었기 때문이다.

"겨루어주시겠습니까?"

"제대로 할 마음이 생겼나 보군."

금풍진은 복장부터 달라져 있었다. 흑의 무복을 입고 얼굴을 가리고 있다. 또한 그의 손에는 검이 들려 있다.

진천은 그의 목적이 그저 자신을 꺾는 것이 아님을 알아차렸다. 단지 자신을 확인해 보고 싶었던 것이다.

두 절정 고수가 내뿜는 기세가 사방으로 퍼져갔다.

쏴아아아!

나뭇잎이 날렸다. 그 순간 금풍진이 먼저 출수했다. 검이 궤적을 그리며 진천에게 뻗어왔다. 진천의 지척에 이르러선 갑작스럽게 궤적이 바뀌며 진천의 사혈을 노렸다.

진천이 보법을 밟으며 뒤로 피하자 금풍진의 반대쪽 손이 이미 진천의 앞에 뻗어 있다. 숨겨진 단검으로 진천의 목을 노리고 들어왔다.

진천은 권기를 일으켜 주먹을 뻗었다.

타다닷!

뿜어져 나간 권기가 금풍진의 가슴에 닿았다. 금풍진은 눈을 부릅뜨며 뒤로 밀려났다. 간신히 검으로 막기는 했지만 속이 진탕되는 느낌을 받은 금풍진이다.

금풍진의 검에서 검기가 솟구쳤다. 그것을 본 진천은 천천히 혼기를 끌어올렸다. 잿빛의 기류가 주변으로 퍼져 나갔다. 그것에서 느껴지는 어둠은 산전수전 다 겪은 금풍진에게 두려움을 안겨줄 정도였다.

그것은 죽음 그 자체였다. 인간이 지닐 수 있는 것이 아니었다. 금풍진의 검이 진천을 향해 쏟아져 내렸다. 허초가 섞인 마치 뱀과 같은 초식이었다. 주요 사혈만을 노리는 검기는 결코 정파의 무공이라고 볼 수 없었다.

진천은 검기를 보며 빠르게 주먹을 움직였다. 그는 결코 흔들리지 않았다. 그 자리에 서서 허공을 때린 것이다.

콰아아아아아!!

주변에 휘날리던 나뭇잎이 터져 나갔다. 금풍진은 마구 떨리는 자신의 검을 바라보았다. 검에 점점 균열이 생기더니 세 조각으로 갈라지며 바닥에 떨어졌다.

"졌습니다."

진천은 베인 자신의 옷자락을 바라보았다. 피가 흘러나오고 있었다.

'강한 자로군.'

산동에서 이름난 고수라는 말은 사실이었다. 진천은 그렇다면 과연 청월루주는 얼마나 강한지 궁금해졌다. 산동무림에 금풍진 같은 이는 상당히 많았지만 무림맹에 이름조차 올리지 못했다. 천하십성의 절대 고수는 물론이고 그 밑의 삼십좌, 그리고 백대 고수의 말석에도 이름을 올리지 못했다.

그 정도로 무림은 넓고 고수는 많았다. 그리고 그들의 맨 위를 지배하는 것이 무림맹이다. 무림맹주는 살아 있는 무신이었다. 그리고 마교의 교주는 천마의 재림이라 불렸다.

'갈 길이 멀다.'

진천은 그렇게 생각할 수밖에 없었다. 금풍진은 진천의 앞으로 다가오더니 그의 앞에 무릎을 꿇었다.

"저를 받아주십시오! 이 목숨, 단 공자님을 위해 쓰겠습니다!"

"무슨 연유에서지?"

금풍진이 고개를 들어 진천을 바라보았다.

"저는 살수 출신입니다. 그 출신을 숨기려 맞지도 않는 정도의 무공을 익혔고, 부끄러워 감추려고만 했습니다. 하지만 이제는 그 쓰임을 다하고 싶습니다. 단 공자님을 위해 제가 가진 힘을 쓰고 싶습니다."

진천은 금풍진을 바라보았다. 이런 것을 의도한 적은 없었다. 금풍진의 눈에서 진심이 느껴졌다. 하지만 그것만으로는 부족했다.

변하지 않는 것이 사람이고 변하는 것도 사람이다.

"나에게 목숨을 줄 수 있겠나?"

"제 목숨은 오로지 단 공자님의 것입니다. 부디 저를 써주십시오."

진천은 금풍진에게 섭혼술을 시전하기로 마음먹었다. 본인이 자신에게 목숨을 건다고 했으니 상관없을 것이다. 마음을 열고 사기를 받아들인다면 금풍진에게 섭혼술이 통할 것이다. 만약 완전히 마음을 열지 않는다면 시귀가 될지도 몰랐다.

진천은 금풍진을 시험해 보기로 했다. 그가 진정으로 원한다면 자신의 수하가 될 수 있을 것이다. 하나 허튼 마음을 먹고 있다면 죽음보다 더한 형벌을 받게 될 것이다.

"나는 착한 사람이 아니다. 배포가 큰 자도 아니지. 나는 해야만 하는 일이 있다."

"그것이 무엇입니까?"

"무림맹, 그리고 마교."

무림맹과 마교의 이름이 나오자 금풍진은 침을 꿀꺽 삼켰다. 결코 보통 단체가 아니었기 때문이다.

"그 두 곳을 박살 낼 것이다."

"허억!"

"원하는 것은 단지 그것뿐이다. 부귀영화를 원하지도 않고 무림을 지배할 생각도 없다. 그렇기에 나에게는 부하는 필요 없지. 오로지 내 수족만이 필요할 뿐."

진천이 그렇게 말하며 금풍진을 바라보자 금풍진이 그 자리에서 머리를 조아렸다.

"네가 내 수족이 될 수 있을까?"

"기꺼이 주군의 손과 발이 되어드리겠습니다."

금풍진은 진천의 광오한 말이 마치 현실이 될 것 같은 느낌을 받았다.

단순히 큰사람인 줄 알았다. 하지만 이자는 무림을 피바다로 물들일 사신이었다. 금풍진의 몸이 떨리고 있다. 금풍진은 단순히 목숨을 맡기는 것이 아닌 진천의 진정한 수족이 되고 싶었다.

"무엇이든 하겠습니다."

"좋다, 내가 주입하는 기운을 받아들여라. 저항해서도 안 되며 그런 생각을 품어서도 안 된다."

진천은 금풍진의 머리에 손을 얹었다. 그리고 수라역천심법을 운용하며 섭혼술을 행하였다.

진천에게서 흘러나온 사기가 금풍진의 혼백을 제압하기 시작했다. 금풍진은 고통에 몸을 떨면서도 사기를 받아들였다. 그의 내공에 막대한 양의 사기가 섞여 들기 시작했다.

절정에 이른 고수라 그런지 받아들이는 사기의 양이 많았다. 금풍진의 본신 내공을 초월할 정도였다. 어느 순간 금풍진의 얼굴이 편해졌다. 그가 지니고 있던 모든 번뇌가 사라지며 막혀 있던 혈맥이 뚫리기 시작했다.

가지고자 한 명예는 이제 부질없어졌다. 출신 성분에 대한 부끄러움 역시 사라졌다.

그가 번뇌를 버릴 수 있던 이유는 진천이었다. 사사로운 모든 것을 버리고 진천을 위해 살겠다고 맹세한 순간 모든 번뇌가 사라진 것이다. 절정의 경지에 이르렀기에 이런 깨달음이 가능했다.

"주군을 뵙습니다."

금풍진이 감동의 눈물을 흘리며 진천을 바라보았다. 그의 무공은 한 단계 진보해 있었다. 진천은 그런 사실에 살짝 놀랐지만 내색하지 않았다.

사기는 사람을 타락시키기도 하지만 진보시키기도 했다.

"너를 이제부터 흑풍이라 부르겠다."

"존명!"

진천은 등을 돌렸다. 흑풍은 흑운과 함께 진천의 뒤에 섰다. 흑풍의 얼굴이 비장함으로 가득 찼다.

제4장
흑웅파의 밤

진천은 단문세가에서 조용히 며칠을 보냈다.

절정 고수를 수하로 만든 것은 대단한 이득이었다. 진무방을 공략하는 데 있어 움직임의 폭이 넓어질 것이다.

'먼저 청월루부터 시작해야겠군.'

진천은 지금 당장 진무방에 손을 쓰는 것은 힘들다는 것을 알고 있었다.

진무방에는 자신보다 고수인 자들이 꽤나 있을 것이다. 때문에 수상한 낌새라도 들켰다가는 큰 고초를 치르게 될 것이다. 진무방의 눈을 피해 서서히 잠식해 들어가야 한다. 가랑

비처럼 내려서 그들이 눈치채지 못하는 사이 온몸을 적셔야
했다.

보다 정확한 진무방의 정보가 필요했다.

'설화가 큰 도움이 되겠어.'

설화는 진천의 명을 충실히 수행했다. 청월루를 얻을 물밑
작업이 서서히 진행되고 있는 것이다.

진천은 자신의 힘, 그리고 세력이 미약하다는 것을 잘 알고
있었다. 단문세가도 이제 회복세에 접어들기는 했지만 큰 도
움이 되지는 못할 것이다.

단문세가는 반드시 백도무림의 신뢰를 얻어야 했다. 무림맹
의 신뢰를 받는다면 반은 온 것이다.

'역용술은 이제 되었다.'

흑풍을 이용하여 사법을 행하는 데 필요한 여러 가지를 구
할 수 있었다. 진천이 사법 중에서 제일 관심 있는 것은 시신
을 통해 망자를 불러오는 것이다. 이것이 가지는 이득은 엄청
났다. 죽은 고수를 시귀, 혹은 강시로서 부활시킬 수 있는 방
법이기 때문이다. 그렇게만 된다면 진천의 세력 성장이 보다
쉬워질 것이다.

'게다가 그들이 가진 무공을 빼올 수도 있고 말이지.'

사파 연맹과의 싸움으로 많은 고수가 죽었다. 초야에 묻혀
있는 시신도 많을 것이다. 혹여 은거 고수의 시신이라도 찾는

다면 대단한 기연을 맞게 될 것이다.

'진무방을 장악하기 위해서는 살아 움직이는 정보가 필요하다.'

진천은 그렇게 생각하며 자리에서 일어나 수련장으로 향했다.

단문세가의 초라한 수련장은 제법 많이 다듬어져 있었다. 완전히 진천의 수하가 된 식솔들이 자발적으로 다듬어놓은 것이다. 가문에서 빠져나가는 돈도 없어졌으니 이제 자금 사정은 괜찮았다.

단문세가가 운영하는 상단은 명맥만 유지하고 있었지만 그래도 단문세가는 제법 비옥한 땅을 가지고 있었기에 소작농들의 공물로도 그럭저럭 생활을 이어나갈 수 있었다.

"주군."

"알아봤느냐?"

"제남의 정보통으로 불리는 잡배들이 있습니다. 흑웅파라고 하더군요. 건달이지만 제남의 정보는 꽉 쥐고 있습니다."

흑운이 말했다. 흑풍은 주로 음지의 제남을 돌아다니며 진천의 명을 수행하고 있었다. 절정에 이른 고수가 밤낮을 가리지 않고 뛰어다니니 그 활동 반경은 가히 어마어마했다. 황보세가에까지 눈을 돌릴 수 있게 된 것이다.

"진무방에서 흑웅파에게까지 손을 뻗었나?"

"흑풍을 통해 알아보았는데 아닌 것 같습니다. 진무방은 이미 독자적인 정보통을 갖추고 있습니다."

"청월루겠군."

청월루에는 무수한 사람이 오갔다. 굳이 건달패인 흑웅파를 신경 쓸 필요가 없던 것이다. 그럴 가치가 없다고 여기는 것이 분명했다.

"흑웅파를 내 것으로 만든다."

"존명!"

진천은 그렇게 말하고는 수련장을 빠져나왔다. 수련장을 나오자 마당을 뛰어다니는 백호를 볼 수 있었다. 소미가 그런 백호를 보며 미소 짓고 있다.

"오라버니, 수련은 어떠셨나요?"

"그저 그랬다."

"그런가요?"

소미는 무언가 할 말이 있는 듯 머뭇거렸다.

"저… 오라버니께서 청월루에 다녀오셨다고 들었어요."

"맞다."

진천은 부정하지 않았다. 이미 그 일은 제남에 파다하게 퍼져 있었다. 많은 이가 이제는 진천을 제남의 망나니에서 풍류공자, 혹은 제남신룡으로 부르고 있었다.

산동권룡을 간단히 제압했기에 제남신룡으로 불리는 것은

마땅했으나 풍류공자는 사연이 조금 특이했다.

진천의 모습을 보고 반한 기녀들을 본 호사가들이 붙인 별호였다. 호사가들은 진천이 청월루에 올 때면 수십 명의 기녀가 마중을 나온다고 떠들어댔다. 게다가 설화가 진천에게 푹 빠졌다는 이야기 또한 있었다.

그 이야기는 소문을 넘어 이제는 정설이 되어가고 있었다.

"영웅호색이라고는 하지만… 그 황보 언니도 있고……."

"할 말은 그것뿐이냐?"

"아, 아뇨."

소미는 무언가 결심한 듯 눈을 빛내며 그를 바라보았다. 의지가 느껴지는 눈빛에 소미를 지나치려던 진천은 그녀와 눈을 맞추었다. 이제는 소녀티가 제법 많이 벗겨진 것 같았다.

"무가의 자녀로서 제 부족함을 극복하고 싶어요. 오라버니, 부디 가르침을 주세요."

"내가 너에게 가르칠 수 있는 게 무엇이 있겠느냐."

진천은 소미의 말에 물었다.

"무공을 봐주실 수 있나요?"

"무공이라……."

진천은 단문세가의 무공을 몰랐다. 단문세가의 소가주로 활동하려면 단문세가의 무공을 알아야 하기는 했다. 당가연도 어느 정도 습득하고 있었지만 가주가 고인이 되기 전에 가르침을 받은 소미에 비할 바는 아니었다.

'이참에 익혀두는 것이 좋겠지.'

소미의 무공을 봐주면서 단문세가의 무공을 익히는 것이 좋을 것 같았다. 대외적으로 활동하는 일이 많아지면 세가의 무공이 노출되는 일이 있을 것이다. 수라권법을 단진천이 사용한다고 알려져서는 안 되었다.

진천은 고개를 끄덕이며 소미를 바라보았다.

"그럼 나흘 뒤부터 시작하도록 하지."

"정말요? 감사해요!"

소미가 기뻐하며 진천의 팔을 붙잡았다. 진천은 그 모습을 바라볼 뿐이다.

날이 어두워지자 진천은 단문세가를 나와 흑웅파가 있는 곳으로 향했다. 진천이 나오자 흑운과 흑풍이 그의 뒤를 따랐다. 진천은 역용술을 이용하여 완전히 다른 모습으로 탈바꿈했다. 냉정하고 강인해 보이는 사내의 얼굴로 변모한 것이다.

진천과는 완전히 반대되는 모습이라 감히 진천임을 생각하지도 못할 것이다. 흑운도 역용술로 변장하였고 흑풍은 복면을 썼다.

진천은 제남의 빈민가 쪽으로 발을 옮겼다. 흑풍은 흑웅파가 있는 곳을 잘 파악하고 있었다. 괜히 절정 고수가 아니었다. 깨달음을 얻은 흑풍은 지금 진천과 겨루어도 쉽게 밀리지 않을 것이다. 게다가 흑운과 흑풍은 서로 무공을 나누며 무섭게 성장하고 있었다. 조만간 흑운 역시 절정 고수 반열에 오를 것이 분명했다.

흑풍은 역시 살수다웠다. 살수의 길을 포기하고 금소문에 들어가 정통 무공을 익혀 산동신권으로 이름을 날렸지만 살수로서의 실력이 훨씬 뛰어나다는 것을 진천은 이미 견식해 알고 있었다.

이미 진천의 수하가 된 이상 흑풍은 과거에 익힌 모든 것을 활용하고 있었다. 그는 체면이나 결심 따위는 잊은 지 오래였다. 그는 철저하게 음지에서 활약 중이었다.

"주군, 저쪽입니다."

"그렇군."

진천은 빈민가를 은밀하게 이동했다. 기척을 죽인 터라 빈민가에서 사는 자들은 진천과 그의 수하들의 인기척을 전혀 느끼지 못했다.

'열악하군.'

어딜 가나 가난한 자들은 존재한다. 진천은 어린 시절 그 부류에 속했다. 하루 먹고살기가 힘들어 서로를 잡아먹는 광경도 숱하게 보았다. 겪어본 자만이 아는 처참함이었다. 운이 좋아 현문 대사의 눈에 들어 빠져나올 수 있었지만 만약 그곳에서 계속 생활했더라면 진천은 그저 죽을 날만 기다려야 했을 것이다.

"저놈들이 흑웅파 놈들입니다."

흑풍이 가리킨 곳에 건장한 체구의 사내들이 있다. 나름 두 건을 써서 멋을 내었는데 하는 짓은 전혀 그렇지 않았다.

"아, 아이고! 이리 가져가시면 저희는 어찌 살라고……."

"우리가 보호해 주고 있지 않느냐! 우리 흑웅의 영웅들이 너희를 보호해 주었으니 그 값을 치르는 건 당연하다."

"어, 언제 우리를 보호해 주었다고!"

퍼억!

반항하는 자를 흑웅파의 사내가 주먹으로 후려쳤다. 삼류 무공을 익힌 자에 불과했지만 빈민들에게는 공포의 대상이었다.

퍽퍽퍽!

"으악!!"

흑웅파의 사내가 마구잡이로 주먹을 휘둘러 빈민을 반죽음 상태로 만들었다. 그래도 성에 차지 않는지 그는 옆에서 오들오들 떨고 있는 여인을 바라보았다. 이런 곳에 있는 여인 치고는 미색이 제법이다.

"흐음, 너라도 가져가야겠다."

"꺄악!"

"아, 안 돼요, 제 딸만큼은! 제, 제가 두 배로 내겠습니다!

제발……!"

흑웅파의 사내는 들은 척도 하지 않았다. 청월루에 팔아버리면 이깟 빈민들에게 받는 돈보다 훨씬 많은 돈을 받을 수 있기 때문이다. 여인은 반항하려 했지만 우악스러운 사내의 손에 잡혀 빠져나가지 못했다.

흑웅파의 사내들이 여인의 아버지를 패기 시작했다.

"으아악!"

"아버지! 제, 제가 갈게요. 그러니 아버지는 건들지 마세요."

흑웅파의 사내가 손을 들자 사내들이 여인의 아버지를 패던 손길을 멈추었다.

그들의 얼굴에는 비릿한 웃음만이 감돌고 있었다. 진천은 그것을 보며 차갑게 얼굴을 굳혔다.

어딜 가나 저런 자들이 있었다.

"주군, 처리할까요?"

"아니, 숫자는 많을수록 좋겠지. 제압한다."

"존명!"

흑운이 진천의 앞으로 나오자 흑풍 역시 뒤를 따랐다. 여인의 가슴을 주무르던 흑웅파의 사내들이 갑자기 나타난 흑풍과 흑운을 보더니 주춤거렸다. 둘의 기세는 무척이나 날카로웠다.

"누구시오?"

"알 것 없다."

"우, 우리는 흑웅파의 호걸들이오! 우리를 적대시했다가는 흑웅검귀님께서 가만있지 않을 것이오."

흑웅검귀라는 말에 흑풍은 비웃음을 내뱉었다.

"그 애송이가 여기에 있었군."

"무, 무슨……."

흑풍의 신형이 사라지는가 싶더니 흑웅파의 사내 앞에 나타났다. 그는 흑풍의 손에 잡혀 꼼짝도 하지 못했다. 그것을 지켜보던 다른 이들이 달려들었지만 흑운이 움직였다.

한 놈의 손가락을 모조리 베어버림과 동시에 그들의 목에 가느다란 혈선이 그어졌다.

"허억!"

"으아악! 내, 내 손이!"

손가락이 잘린 이는 여인의 가슴을 주무르던 놈이다. 흑풍과 흑운은 순식간에 그들을 점혈했다. 그들이 꼼짝달싹 못하는 것은 당연했다. 빈민가의 사람들은 두 눈을 동그랗게 뜨고 그 광경을 지켜보았다.

진천은 천천히 걸어가 흑웅파 놈들 앞에 섰다. 흑운과 흑풍이 뒤로 물러나며 고개를 숙여 예를 갖추었다.

"하류잡배뿐이군."

진천의 기도는 놈들이 감당할 수 있는 것이 아니었다. 싸늘한 표정에서 뿜어져 나오는 살기는 그들에게 오줌을 지리게 만들었다. 진천이 바닥에 주저앉아 있는 여인을 보자 여인은 주춤거리며 일어나 진천에게 크게 허리를 숙였다.

"구, 구해주셔서… 감사합니다."

"아이고, 은영아! 흑흑흑!"

"아버지……."

피투성이가 된 아버지를 안고 여인이 흐느꼈다. 흑운은 그 모습을 보더니 약간의 돈을 꺼내 여인에게 주었다.

"약이라도 사서 바르시오."

"가, 감사합니다."

"감사는 주군께 하시오. 나는 그저 명을 따를 뿐이오."

여인이 진천에게 절을 했다. 그러자 주변에 있던 빈민들 역시 마찬가지로 따라 절했다. 진천이 흑운을 바라보자 흑운이 고개를 숙이며 말했다.

"주제넘게 나섰습니다. 처벌은 달게 받겠습니다."

"아니다. 사람의 도리는 해야지."

여인이 진천의 바짓가랑이를 붙잡았다.

"은공, 성함을 여쭈어도 되겠습니까?"

"……."

진천이 여인을 바라보았다. 여인의 얼굴은 때가 묻어 더러 웠지만 눈빛은 맑고 깨끗했다. 말투를 보니 못 배운 자는 아 니었다.

"암영(暗影)이다. 모두 물러가라."

진천의 말에 머뭇거리던 빈민가 사람들이 물러가기 시작했다. 진천에 대한 고마움은 컸지만 그만큼 두려웠기 때문에 빠르게 사라졌다.

두려움에 대상이던 흑웅파의 놈들을 단숨에 제압한 자들이 주군이라 부르는 진천이다. 그들이 두려워하는 것은 당연했다.

"쓸 만한 여자군."

진천이 작게 말을 흘리자 흑운과 흑풍이 눈을 빛냈다. 진천은 그것을 알아차리지 못했다. 그저 흑웅이라는 이름을 가진 잡배들을 바라보고 있을 뿐이다.

"버러지 같은 인생이군. 그렇지? 나는 사람은 마땅히 사람을 도와야 한다고 배웠다. 그것이 자신을 돕는 것이고 자신을 사랑하는 방법이라고 알고 있다."

놈들은 눈을 부릅뜬 채로 아무 말도 하지 못했다. 진천은 현문 대사에게 그렇게 배웠다. 사람을 사랑하고 믿는 마음이야말로 세상을 이롭게 할 수 있는 힘이라고. 하지만 그럴 수 있는 자는 드물었다. 지금의 진천도 그러했다.

"남을 이용하고 깔아뭉개는 것도 삶의 방법 중 하나겠지. 너희들을 비난할 생각은 없다. 나 역시 너희들과 같을 테니. 그러니……."

진천이 손을 들자 흑운과 흑풍이 진천 앞으로 나오며 비단으로 싸인 것을 꺼냈다. 비단을 풀자 엄지손가락만 한 고독이 꿈틀거리고 있다. 좁쌀만 한 고독이 상품이라면 이것은 하품이었다.

"읍읍!"

"으으으!"

흑웅파의 사내들은 그것을 보더니 몸을 부르르 떨었다. 흉측하게 생긴 벌레는 그들의 공포심을 자극했다. 하지만 그때까지도 그들은 그것이 무엇인지 알지 못했다.

고독은 마교에서도 문헌으로만 존재하는 것이다. 벌레를 쓰는 마교의 고수들도 있었지만 그저 독으로 이지를 흔들 뿐이고 이런 고독을 만들어내지는 못했다.

"달게 받거라. 그게 너희들의 가치이니."

흑운과 흑풍은 사내들의 입을 강제로 벌리고 고독을 쑤셔 넣었다. 고독을 입에 머금은 자들의 얼굴이 퍼렇게 변했다.

뱉고 싶었지만 점혈을 당해 뱉어내지 못하고 입안에서 고독이 마구 꿈틀거리는 것을 느껴야만 했다. 하지만 불행은 거기서 끝이 아니었다.

"읍!!"

"으으으읍!"

고독이 슬금슬금 그들의 머리로 파고들기 시작했다. 점혈이 되어 있음에도 그들의 몸이 비틀렸다. 무척이나 괴로워하는 표정이다. 진천은 그것을 모두 다 지켜보았다. 결코 시선을 돌리지 않았다.

진천은 고독이 그들의 뇌 속을 침입하는 것을 보고 많은 것을 알 수 있었다. 성충이 된 고독을 직접 심으니 반 이상이 제정신을 유지하지 못하고 백치가 되었다. 오로지 명령에만 움직이는 그런 백치가 된 것이다.

고독을 제대로 심으려면 그 자신도 모르는 사이에 은밀하게 감염시켜야 하는 것이었다.

'성충까지 키워서는 안 되는군. 좁쌀만 할 때 체내에 은밀하게 흘려야 한다.'

진천의 눈앞에 있는 흑웅파의 사내들은 모두 다섯이다. 다섯 모두에게 고독을 심었다. 두 사내는 백치는 되었지만 나머지 사내들은 고독이 성공적으로 자리를 잡았다. 그러자 흑운과 흑풍이 그들의 혈을 풀어주었다.

"허억!"

"으, 으으윽!"

"우웩!"

그들은 헛구역질을 하며 주저앉았다. 그러다가 진천을 바라보았다. 진천이 사기를 일으키자 그들은 머리를 부여잡으며 고통스러워했다.

그들은 진천에게 반항할 생각을 하지 못했다. 그런 생각을 하면 머리가 깨질 것 같이 아프고 곧 죽어버릴 것 같았기 때문이다. 백치가 된 자들은 흐리멍덩한 눈으로 진천의 앞에 무릎을 꿇었다.

"내가 누구지?"

"저, 저희들의 주, 주인이십니다."

진천에 대한 충성심만이 그 고통에서 벗어나게 해줄 수 있었다. 그들은 앞다투어 진천의 앞에 고개를 조아렸다.

진천은 그들의 태도에 고개를 끄덕이며 입을 열었다.

"본거지로 안내해라. 흑웅검귀라는 자를 보고 싶군."

"아, 알겠습니다!"

흑운파의 사내들은 극진한 태도로 진천을 본거지로 안내했다.

그들은 결코 반항할 생각을 하지 못할 것이다. 그런 생각을 떠올릴 때마다 사지가 마비되고 엄청난 고통이 밀려오기 때문이다. 게다가 스스로 자결할 수조차 없었다. 그들의 목숨은 이제 그들의 것이 아니었다. 온전히 진천에게 달려 있었다.

그들이 안내한 곳은 빈민가에서 조금 벗어난 곳이었다. 기루가 밀집되어 있는 거리와 제법 가까운 곳에 위치해 있었다. 진천은 흑운파의 건물을 바라보았다. 제법 그럴듯해 보였다. 마당도 있고 그럴듯한 명패도 달아놓았다.

"제법 많이 일을 벌였나 보군."

시장잡배치고는 제법 그럴듯하게 살고 있었다. 문을 지키는 자들도 있었는데 역시 껄렁껄렁했다. 진천이 다가가자 그들이 인상을 팍 쓰며 다가왔다. 그러다가 진천의 뒤에서 벌벌 떠는 흑웅파의 사내들을 본 순간 의아함을 감추지 못했다.

진천이 손을 쓸 필요는 없었다. 순식간에 흑풍과 흑운이 그들을 제압했다. 흑웅파의 대문이 활짝 열렸다. 진천이 들어가자 흑운이 다시 문을 걸어 잠갔다. 오늘 밤 그 누구도 이 자리에서 벗어나지 못할 것이다.

"웬 놈들이냐!"

검을 찬 남자가 호기롭게 외치며 걸어 나왔다. 그의 뒤에는 수십 명의 사내가 뒤따르고 있다. 모두 흑웅파의 잡배들이었다.

"나는 산동에서 이름 높은 흑웅검귀다. 네놈들이 감히 흑웅파에서 이런 소란을 피우다니 죽고 싶나 보군. 음?"

흑웅검귀는 진천의 뒤로 자신의 부하들이 보이자 이해할 수 없다는 표정을 지었다.

"네놈들은 왜 거기에 서 있는 것이냐?"

"우, 우리의 주인은 바로 암영님이시오!"

"더, 더 이상 당신을 따를 수 없소!"

"그렇소!"

다섯의 부하가 단체로 반발하자 흑웅검귀는 자신의 귀를 의심했다. 수금하러 가기 전까지만 해도 멀쩡하던 부하들이 지금은 한 남자의 눈치를 보며 살살 기고 있다.

"으음!"

흑웅검귀는 진천과 그의 양옆에 호위하듯 서 있는 검은 무복의 흑운과 흑풍을 바라보았다. 그들의 기세에 식은땀이 흘러나오기 시작했다.

'고, 고수다.'

고수였다. 저 셋은 진짜배기 고수였다. 흑웅검귀는 눈알을 굴리며 빠져나갈 방법을 모색하기 시작했다. 겨우 이류를 벗어난 실력으로는 도저히 상대할 길이 보이지 않아서였다.

"흐, 흠흠, 서, 선배들께서 오해가 있으신 모양입니다. 허허, 제, 제가 범한 무례를 사죄드립니다. 무슨 오해가 있어 이리 오셨습니까?"

흑웅검귀가 저자세로 나오자 부하들이 당황했다. 한바탕 일을 치르려던 부하들은 서로의 눈치를 보며 상황을 이해하려 애썼다.

"꿇어라."

진천이 한마디 했다.

흑웅검귀는 진천의 말에 웃으면서 손을 비볐다.

"하, 하하! 그, 그래도 제가 명색의 한 문파의 수장인데 꿇을 수는……."

"주군, 제가 저놈의 무릎을 잘라 꿇리겠습니다."

흑풍이 말하며 나섰다. 흑풍의 무시무시한 기세를 본 순간 흑웅검귀가 부하들을 보며 소리쳤다.

"쳐, 쳐라!"

흑웅검귀의 부하들이 달려들기 시작했다. 진천은 뒷짐을 지며 바라보고 있을 뿐, 흑운과 흑풍이 천천히 검을 뽑았다. 흑운과 흑풍이 달려드는 놈들을 검집으로 후려치자 그들의 몸이 저 멀리까지 튕겨 나갔다.

진천이 그 광경을 보며 말했다.

"죽이려거든 사지는 멀쩡하게 놔두어라. 나름 쓸 곳이 있으니."

"존명!"

"존명!"

흑운과 흑풍의 검에서 검기가 치솟았다. 그러자 흑웅파의 잡배들이 달려드는 것을 멈추고 그 자리에 무릎을 꿇었다. 진천의 눈에 담을 넘어 도망가려는 흑웅검귀가 보였다. 진천은 그 순간 주먹을 쥐었다.

'그리 멀지 않다. 가능할지도 모르겠군.'

백보신권은 백 보 밖의 상대를 부술 수 있다. 그 묘리를 이어받은 수라신권 역시 그것이 가능했다. 진천이 내기를 끌어

올리며 주먹을 내질렀다.

그 순간 흑웅검귀가 피를 토하며 바닥에 주저앉았다.

그의 가슴이 움푹 들어가 있다. 대비를 했다면 피할 수 있었겠으나 허공을 격해 권장이 닿을 것이라는 것을 흑웅검귀는 전혀 예상하지 못했다. 그것은 권기를 발하는 것보다 더 뛰어난 묘리였다.

"허억!"

"혀, 형님이 단 일 수에……!"

잡배들이 몸을 부르르 떨었다. 흑웅이 바닥에 쓰러진 흑웅검귀를 진천의 앞으로 끌고 왔다. 진천의 앞에 무릎이 꿇려진 흑웅검귀가 진천을 보며 부들부들 떨었다.

"사, 살려주십시오! 뭐, 뭐든지 하겠습니다! 제, 제발……!"

"뭐든지 하겠다?"

"네, 네, 물론입니다. 흑웅파를 다 내드리겠습니다. 제, 제가 모은 보물도, 은자도 다 드리겠습니다. 그, 그리고 여인들도 모두 다 드리겠습니다. 빈민가의 수금까지 다……."

"이미 그것은 내 것이다."

진천이 말하자 흑웅검귀는 멍한 표정을 짓다 다급하게 고개를 끄덕였다.

"네가 무얼 할 수 있겠느냐?"

"그, 그것이……."

"나를 위해 목숨을 바칠 수 있겠느냐?"

"그, 그렇습니다."

흑웅검귀는 주인으로 모시는 척하다가 도망칠 생각이다. 도망치는 것 하나만큼은 자신 있었기에 몸이 회복되는 즉시 제남을 떠날 생각이다.

진천은 흑웅검귀의 말에 비웃음을 머금었다. 그를 시험해 볼 생각이었다. 그가 진정으로 그를 따르려 마음먹었다면 섭혼술에 완벽히 걸려들 것이다.

진천은 수라역천심법을 운용하며 흑웅검귀에게 섭혼술을 걸었다.

"으, 으아아아아악!"

흑웅검귀가 비명을 지르며 바닥을 굴렀다. 흑웅검귀는 점차 사기에 침식당했다. 선천지기까지 모조리 침식당해 진천에게 그 기운을 헌납했다. 흑웅검귀의 몸이 일순간에 굳었다.

흑웅검귀는 거짓말로 진천을 속이려 했지만 그 시도는 무산되고 말았다. 결국 사기에 잡아먹혀 시귀가 되고 말았다. 이성이 사라진 시귀가 천천히 몸을 일으켰다. 당장에라도 흑웅파의 잡배들을 잡아먹을 것 같다.

하나 진천의 명이 떨어지기 전까지 움직이지 않았다. 그 모습을 모두 지켜본 흑웅파의 잡배들은 감히 반항할 생각은 하지 못했다. 그들에게 진천은 그야말로 귀신이었다. 사악한 술법을 쓰는 악귀였다.

"너희들은 이대로 죽겠느냐?"

"살려주십시오!"

"목숨을 다해 모시겠습니다!"

"제, 제발……!"

진천이 고개를 끄덕였다. 살려줄 수는 있었다. 하지만 영원히 진천에게서 벗어나지 못할 것이다. 진천은 무공을 익힌 자들에게는 고독을 심고 무공이 떨어지거나 익히지 않은 자들은 섭혼술로 제압했다.

모두 극한에 두려움에 빠져 있어 시귀는 탄생하지 않았다. 흑웅파는 이로써 온전히 진천의 것이 되었다.

진천은 자신에게 부복한 흑웅파의 잡배들을 바라보았다. 그 수가 삼십에 이른다. 섭혼술에 제압당한 자들은 충심으로 진천 앞에 부복했고, 고독에 당한 자들은 두려움에 온 정신이 제압되어 진천을 따랐다. 백치가 된 자들은 말할 것도 없었다.

"너희의 이름은 이제부터 없다. 일호부터 삼십삼호까지 번호로 부르겠다."

"존명!"

"흑웅파는 이제부터 흑영대라 부르기로 하지. 흑풍 네가 이들의 수장을 맡아라."

"존명!"

흑풍은 감격스러운 표정을 감추지 못하며 진천 앞에 무릎을 꿇고 고개를 조아렸다. 자신에게 서른세 명의 부하가 생긴 것이다. 이것이 주군이 주는 것이라 생각하자 책임감과 동시에 감동이 밀려왔다.

"살수에 관한 모든 것을 전수해라. 차후에 부족한 부분을 보충해 주도록 하지. 죽기 전까지 굴려라."

"존명!"

서른세 명의 흑영대 인원은 자신 앞에 어떤 지옥이 기다리고 있는지 모를 것이다. 아마 살아 있는 것이 괴로울 정도로 고된 수련이 될 것이다.

진천은 이제 흑영대의 것이 된 건물을 바라보았다. 그 안에는 잡혀온 여러 여인이 있었는데 모두 청월루로 팔려갈 여인들이었다.

진천은 이곳의 모든 것을 흑풍에게 맡겼다. 흑풍이 알아서 처리할 것이다.

"흑풍, 이곳을 잘 정비하고 청월루에 대한 정보를 가지고 오도록. 시귀는 사혼굴로 옮긴다."

진천은 그리 말하고 등을 돌렸다. 흑영대의 건물 밖으로 나오자 흑운이 뒤따랐다.

"주군, 감축드립니다."

"이제 시작일 뿐이다."

흑운의 말에 진천은 그렇게 대답할 뿐이었다.

*　　　　*　　　　*

흑웅파를 접수해 흑영대로 바꾼 후 진천은 한동안 조용히 지냈다. 바뀐 흑웅파의 분위기에 여러 소문이 돌았지만 곧 사라졌다. 흑웅파는 무림 방파로 인정받지 못하고 단지 흑웅검귀의 이름값으로 유지되는 집단이었기 때문이다.

그들이 뭘 하든 흑웅검귀의 기분에 따라 바뀌니 산동무림인을 포함한 제남 사람들도 그러려니 했다.

'진무방, 제갈세가……'

진천은 많은 것을 알 수 있었다.

흑영대는 당장 전력으로 써먹기는 힘들었으나 이미 많은 도움이 되었다. 그들이 암흑가를 거닐며 모은 정보는 제남을 한번에 내려다볼 수 있을 정도였다. 그들이 본래부터 가지고 있던 정보, 그리고 진천을 위해 악착같이 모은 정보들이 합쳐지자 큰 그림이 완성되었다.

제갈세가가 제남의 진출을 원하고 있었다.

제갈세가의 제갈남진 측에 심어놓은 석두에 말에 따르면 제갈소현과 제갈남진은 서로 적대하며 공을 올리기에 급급하다고 했다.

제갈세가의 가주는 제법 특이한 자라서 남자라고 하더라도 실력이 부족하면 가주 자리를 넘기지 않겠다고 공개적으로 말했고, 제갈소현이 더 뛰어나다면 제갈소현이 맞이하는 남자를 데릴사위로 들여 가문을 잇겠다고 선언했다는 것이다.

'제갈소현은 단문세가 쪽을, 제갈남진은 진무방과 짜고 황보세가를 공략하려 한 것이겠군.'

제남 진출에 그들의 미래가 달려 있다는 말이다. 진천은 제갈남진을 이용하는 것도 좋을 것 같다는 생각이 들었다.

'집안조차 정리하지 못하고 어찌 일을 도모한다는 말이지?'

제갈세가는 분명 천하오대세가에 들 정도로 강대한 세가였지만 그것은 황보세가 역시 그러했다. 제갈세가에 비해 큰 약세이지만 제남의 맹주였다. 게다가 진천이 파악한 황보미윤은 순진한 미소 뒤에 지혜를 숨기고 있었다. 결코 제갈소현의 밑이 아니었다.

'제갈남진이라……. 재미있군.'

그를 이용하면 일이 더욱 쉬워질 것이다.

청월루를 먹고 제갈남진을 이용해 제갈세가에 큰 내분을 만들고 진무방을 장악한다. 그것이 진천이 세운 큰 그림이다.

"오라버니, 무슨 생각을 그리 하세요?"

진천은 연무장에서 소미의 무공을 봐주고 있었다. 상념에서 깨어난 진천은 아무렇지도 않게 소미에게 다시 동작을 취해보라고 말했다. 소미는 고개를 갸웃거리다가 다시 동작을 취했다.

단문세가는 검가였다. 진천은 권과 검을 주로 썼다. 과거에는 권보다 검을 주로 썼을 것이다. 지금은 수라신권 때문에 검을 등한시했지만 단문세가의 단문검법을 보니 검을 익힐 필요성이 느껴졌다.

진천은 소미를 통해 단문세가의 모든 구결을 얻어냈다. 소미는 아무런 의심 없이 모든 것을 진천에게 알려주었다. 가전무공을 훔치는 것이지만 어쨌든 자신은 단진천이었다. 훔치는 것이 성립되지 않았다.

단문세가의 검법은 속도를 중심으로 위력을 발휘하는 쾌검술이었다. 소미의 동작과 구결을 봐도 상승 무공임을 알 수 있었다. 다만 단문세가의 내공심법으로는 큰 위력을 발휘할 수 없었다.

단문세가의 단문신공은 그 뿌리를 화산에 두었지만 크게 변형된 것이었다. 아니, 변형이라보다는 퇴행에 가까웠다.

단진천의 선조가 화산에서 수행했다고 하니 이해가 되는 대목이다.

'검법 자체는 좋다. 과거 단문세가의 명성은 거짓이 아니었어.'

진천은 단문검법을 금방 익힐 수 있었다. 마치 진천의 몸이 기억한다는 듯 빠르게 습득되었다. 그리고 더욱 발전되었다. 과거 진천이 오른 경지보다 이미 몇 수 위에 위치한 것이다. 물아일체를 깨달은 진천에게 신검합일의 묘리는 어렵게 다가오지 않았다.

"어때요?"

"힘이 부족하다. 유연함으로 극복하기에는 현저히 부족해."

소미는 고개를 끄덕이며 진천을 바라보았다. 눈이 반짝반짝 빛나고 있다. 진천은 그 눈빛에 헛기침을 하고는 검을 빼 들었다. 단진천의 방에 있던 검으로 단진천의 아버지가 쓰던 것을 단진천이 물려받았다고 한다.

검신에 푸른빛이 도는 명검이다. 진천조차 처음 손에 잡았을 때 깜짝 놀랐다.

진천은 검을 들고 그가 깨달은 단문검법을 펼치기 시작했다. 내공을 일으키지 않고 형을 유지하며 초식을 하나하나 풀어나갔다. 그럼에도 소미와 확연한 차이가 있었다.

그것은 재능의 차이, 그리고 검에 대한 이해도의 차이였다.

"와!"

진천의 모습은 환상적이었다. 빠르게 몰아치는 단문세가의 검법과 기품 있는 그의 모습이 꽤나 잘 어울렸다. 진천의 근육이 팽창함과 동시에 순식간에 뻗어나간 검이 사방을 모두

베고 제자리로 돌아왔다.

'나는 유연함이 부족하군. 아직 초식 전개가 매끄럽지 않아. 시간이 더 필요하다.'

삼재검법을 주로 썼을 때는 느끼지 못한 단점이다.

쾌검술에 유연함까지 가미된다면 호랑이에 날개를 단 격이 될 것이다.

'절정의 너머로 가는 길은 이미 보이고 있다. 나에겐 사혼단이 있다. 단기간 내에 도달하는 것이 결코 불가능한 것만은 아니야.'

진천은 모든 시간을 수련에 매진하고 있었다. 거대한 벽이 느껴졌지만 가야 할 길이 보였다. 그가 길을 가기 위해서는 정도와는 다른 깨달음을 얻어야 했다.

"많은 도움이 되었어요. 감사해요."

소미가 검을 넣고 꾸벅 고개를 숙였다.

"주인어른, 연공 중에 죄송합니다만 손님이 오셨습니다."

한 여인이 들어와 고개를 숙이며 말했다. 그녀는 시선을 바닥에 두어 연공하는 모습을 최대한 보지 않으려 했다.

진천이 알고 있는 얼굴이다. 빈민가에서 흑웅파에게 당하던 여인인데 흑운이 그녀를 데리고 왔다. 의아한 생각이 들었지만 현명한 여인이기에 다른 말은 하지 않았다.

흑운이 진천에게 해를 끼치는 행동을 할 리가 없었다. 그리고 사람이 필요하기도 했다. 식솔이 별로 없어 당가연까지 직접 집안일에 나서고 있는 형편이다.

진천이 여인을 바라보았다. 그녀의 이름은 은영이다. 진천은 흑운이 처음 그녀를 데려왔을 때가 생각났다. 직접 사혼굴에 들어와 자신의 손으로 고독을 집어먹는 모습은 웬만하면 놀라지 않는 진천을 뒤흔들었다.

"은영 언니, 손님이라니요?"

그녀는 소미의 친구가 되어주기도 했다. 진천이 말해보라는 듯 은영을 바라보았다.

"황보미윤이라 밝힌 여인입니다."

"그녀 혼자 왔나?"

"예."

"알았다. 방으로 모셔라."

진천은 연무장 밖으로 나갔다. 소미가 황보미윤이 왔다는 말에 진천을 보고 웃었다. 진천은 황보미윤이 어떤 목적을 가지고 온 것임을 눈치챘다. 기별 없이 혼자 왔다는 것은 그만큼 중요한 일이라는 뜻이다.

이미 당가연에게 인사를 한 모양이다. 당가연이 황보미윤의 두 손을 잡고 다정하게 이야기하고 있다. 지조 없는 새끼 백호는 그런 당가연과 황보미윤의 다리 사이를 오가며 애교를 부리고 있었다.

"어머님, 이게 백호예요?"

"그렇다더구나. 진천이가 데리고 왔지. 제갈세가의 여식이 탐낸 것을 보면 보통 영물은 아닌 것 같더구나."

둘은 이미 친해진 것 같았다. 진천은 잠시 걸음을 멈추고 그 모습을 바라보았다. 조금 머리가 아파왔다. 그런 진천의 곁으로 흑운이 다가왔다.

[그녀를 따라온 미행이 있었습니다만 흑풍이 처리하였습니다. 연공 중이시라 보고가 늦었습니다. 죄송합니다.]

[어디에서 보낸 자이더냐?]

[제갈세가의 인물입니다. 제갈남진 쪽의 인물이 확실합니다.]

진천은 고개를 끄덕였다. 황보미윤이 잠행을 감행한 듯 보이지만 제갈세가에게 뒤를 밟혔다. 그 말은 제갈세가의 사람이 황보세가에도 스며들어 있다는 말이다.

예상한 결과였다. 이미 황보미윤도 알고 있을 것이다.

황보미윤은 진천의 모습이 보이자 환하게 웃으며 인사했다. 당가연은 황보미윤과 진천의 모습을 번갈아 보더니 흐뭇하게 웃었다. 그러고는 둘만의 시간을 잘 보내라며 방으로 들어갔다.

"오랜만이네요, 단 공자님."

"그렇군요."

"제남에 단 공자님의 명성이 자자하던데요? 꽤나 많은 일이 있던 것 같네요."

황보미윤은 진천이 자랑스럽다는 듯 바라보았다. 진천은 황보미윤이 지닌 호의가 조금은 부담스러웠다.

"일단 들어가시지요."

진천은 황보미윤을 데리고 접객실 안으로 들어섰다. 제갈소현이 왔을 때와는 분위기가 많이 달랐다. 삭막한 접대실이 화사해지는 느낌이다. 의자에 앉은 황보미윤은 뭐가 그리 좋은지 진천을 보며 방긋 웃었다.

"주군, 그럼 저는 밖에서 대기하겠습니다."

흑운이 접대실 밖으로 나갔다.

"좋은 사람을 호위로 두었군요."

진천은 고개를 끄덕였다.

"저에게 붙은 미행을 처리해 주신 분이 단 공자님 맞나요?"

"그런 일을 한 적 없습니다."

"네, 그럼 그런 걸로 할게요."

진천은 피식 웃었다.

제갈소현을 상대할 때보다 더 머리가 아픈 상대라 생각하니 웃음이 나왔다. 그 웃음을 보고 황보미윤이 따라 웃었다. 조금은 경직되었던 분위기가 순식간에 풀렸다.

"용무가 무엇입니까?"

"단 공자님을 뵈러 온 거예요. 겸사겸사 앞으로의 일도 의논하구요."

"앞으로의 일이라……."

"제갈세가, 그리고 진무방."

진천은 고개를 끄덕였다. 황보세가의 큰 적은 바로 제갈세가와 진무방이다.

"단 공자님께서 나서신 것을 보면 명성을 얻으려 함이 맞나요?"

진천의 눈빛이 날카로워졌다. 황보미윤은 아직 진천의 진면목은 파악하지 못했지만 제법 그의 의중을 꿰뚫어 보았다. 물론 진천이 내놓은 허용 범위 안이다.

진천의 분위기가 변하자 황보미윤도 진지해졌다.

"저를 도와주신다면 단문세가의 재건, 그리고 단 공자님의 명성을 위해 도움이 되는 모든 일을 다 해드리겠습니다."

"모든 일이라……. 그만큼 절박한 겁니까?"

"무엇보다 제남에서 믿을 수 있는 사람이 필요해요. 제 가족을 지키기 위해."

황보세가가 제남에서 다시 제일가로 떠오른다면 단문세가 입장에서는 큰 도움이 될 것이다. 게다가 진천의 무림맹 진출에도 큰 도움을 줄 것이다. 황보세가는 든든한 방패가 되어줄 것이 분명했다.

황보미윤이 진천의 눈을 바라보았다. 그녀는 어떤 거짓도 품고 있지 않았다. 그녀의 감정이 진천에게 전해졌다.

"황보세가의 편에 서줄 수 있으신가요?"

그녀가 물었다. 그것을 말하기까지 많은 고민과 망설임이 있던 것 같다. 하지만 그녀는 황보세가를 보호하기 위해 적들과 대적하겠다는 의지를 가지고 군은 결심을 내린 것으로 보였다. 그리고 첫 단추로 진천을 찾아온 것이다.

'잘되었군. 어차피 풍랑을 막아줄 큰 벽이 필요했다. 그렇다면 철저히 이용해 주는 것이 좋겠지.'

진천이 고개를 끄덕였다.

"제가 얼마나 도움이 될지는 모르겠지만 도울 수 있는 일은 돕도록 하겠습니다."

"정말 감사해요."

황보미윤은 눈물을 보이며 울먹였다. 제법 마음고생이 심했던 모양이다. 아무리 똑똑하고 현명해도 마음이 여린 여인이다.

단문세가가 별 힘이 없다는 것은 황보미윤도 잘 알고 있었다. 하지만 유사시에 피할 곳이 되어줄 것이고 그래도 제남의 명가였던 만큼 발언권이 있다. 단문세가가 황보미윤을 지지해준다면 제남의 중소 가문 역시 줄을 타야 할 때임을 알 것이다.

진무방이냐, 황보세가이냐.

그 두 갈림길이 나타난 것이다.

황보미윤은 무엇보다 진천이 큰사람임을 알고 있었다. 그의 잠재력은 황보미윤이 짐작할 수 없을 정도였다.

'이 사람을 잡아야 한다.'

황보미윤은 난생처음으로 그런 생각이 들었다. 그러자 진천이 자세히 보였다. 황보미윤은 단진천의 어둠을 조금이나마 눈치챘다.

'지금은 이런 관계지만 앞으로는……'

그에게서 느껴지는 고독과 아픔이 조금이라도 없어졌으면 하는 바람이다.

그가 자신을 이용하더라도 계속해서 그를 바라본다면 마음을 열어주지 않을까 하는 생각이 든 황보미윤이다.

'적이 된다면 까다로울 것 같군. 차라리 제갈소현을 상대하는 것이 낫다.'

진천은 그렇게 생각했다. 황보미윤처럼 순수한 마음을 가진 지혜로운 여자는 상대하기 꺼려졌다. 차라리 독사처럼 독니를 숨기고 겉으로는 웃음을 머금는 제갈소현이 편했다.

'무림에서 조심해야 할 것이 아이, 노인, 그리고 여자라더니……'

정말 맞는 말 같았다. 어려운 이야기가 끝나고 간단한 담소를 나누었다. 황보미윤은 진천에게 이런저런 말을 건넸다. 천하오대세가답지 않은 소박한 내용이었다.

"그런데 단 공자님."

황보미윤이 단진천을 바라보았다. 진천은 왠지 박력이 느껴지는 모습에 그녀를 바라보았다.

"청월루에 다녀오셨다고 들었어요."

"네, 그 위세가 대단하더군요."

잠시 정적이 흘렀다.

진천은 아무렇지도 않게 대답하였지만 황보미윤은 작게 한숨을 내쉬었다.

"진무방의 무사들이 철두철미하게 지키고 있더군요. 그쪽을 지난다면 조심하시는 것이 좋을 것입니다."

"네, 배려에 감사해요."

황보미윤은 진천의 말에 활짝 웃었다. 참으로 표정 변화가 다양한 여자라고 진천은 생각했다.

그 후 오랜 시간 진천은 황보미윤을 상대해야 했다. 폭풍의 중심에서 가장 조용한 시간이었다.

*   *   *

황보미윤이 황보세가로 돌아가고 얼마 뒤, 제남의 세력 구도가 점차 변하기 시작했다. 황보세가는 가문을 내부적으로 재정비하고 점차 예전의 명성을 되찾고 있었고, 그 과정에서 황보중자가 축출되었다. 황보대산이 아직 앓아누워 있기는 하지만 황보미윤을 중심으로 새롭게 비상하고 있었다.

중소 가문들은 줄을 서야만 했다. 진무방의 상권에 손을 얹어 실리를 택하느냐, 아니면 대대로 제남의 터줏대감인 황보세가의 비상을 믿고 미래를 기약하느냐.

'아무래도 진무방이 우세하겠지.'

청월루에는 중소 가문 사람들로 가득했다. 황보세가가 밀릴 수밖에 없는 이유는 금전적인 문제도 있겠지만 아무래도 가주인 황보대산이 앓아누워 있다는 점이다.

황보미윤이 있다고는 하지만 그녀는 여자였다. 여자인 황보미윤에게 가문의 미래를 맡길 수는 없었다.

단문세가는 당가연이 직접 황보세가와 긴밀한 관계가 될 것임을 알렸다. 그 후부터 단문세가에 심어놓은 하인들이 아주 바쁘게 움직였다. 이미 진천의 수족이 된 하인들은 거짓 정보를 계속해서 진무방에 제공했다.

이제 계절은 겨울로 접어든 시점이다. 봄이 되기 전에 제남의 판도는 뒤바뀔 것이다.

'나로 인해서.'

그 중심에는 진천이 있을 것이 분명했다. 제남이 시끄러운

이때 진천은 사혼굴에서 무공 수련, 그리고 사법 수련에 열중했다. 적절한 때가 이르기까지 웅크리고 있는 것이다.

진천의 무공은 어느덧 완숙한 절정의 경지에 이르렀고, 수라역천심법도 오성에 도달했다.

수라역천심법의 자랑인 막대한 내공은 일 갑자에 도달해 있었다. 상단전이 열리지 않아 더 이상의 내공 진전은 없었지만 깨달음이 있다면 임독맥 타통에 도전해 봄직 했다.

하지만 진천은 아직 자신이 그것에 도전하기에는 부족하다고 생각했다. 깨달음과 그의 마음이 아직은 아니라고 말하고 있었다.

외부와 단절하고 모든 것을 쏟아낼 시간이 필요했다.

'이것이 성공한다면 흑영대의 실력뿐만 아니라 흑운, 흑풍 역시 급성장할 것이다.'

진천은 사혼굴에서 단약(丹藥)을 만들고 있었다.

진천은 과거에 약초를 이용해 직접 단약을 만들어 제법 많은 이익을 남겼다. 그의 단약은 소림에도 제법 알려져서 소림에서 구입하기도 했다.

진천을 위해 밤낮으로 죽어라 연공하고 있는 흑영대에게 가장 부족한 것은 내공이었다. 거의 죽음을 넘나드는 수련을 하며 무공의 경지는 계속해서 높아졌지만 내공이 부족하여 상승 경지로 이어지지 못했다. 그것은 흑운이 아직 절정에 이르지 못한 것과 같은 이유였다.

'사기로 이루어진 내공을 쓰는 그들이라면 쉽게 받아들일 수 있을 터.'

진천은 자신의 사기로 단약을 만들고 있는 것이다.

진천의 손에서 뿜어져 나온 사기가 단약을 향해 파고들었다. 검은빛깔을 내는 단약은 사기가 뭉쳐 하나의 내단이 되었다. 사혼단에서 제공하는 사기는 그 끝을 짐작하기 어려웠다. 인간을 초월한, 그야말로 역천의 기운이기 때문이다.

진천의 손에 있던 단약이 사기의 내단으로 탈바꿈했다. 상당한 기운을 머금고 있어 그 양만 따지면 소림의 대환단과 비교할 수 있을 것이다. 다만 이것을 일반 무림인이 섭취하였을 경우에는 고통에 떨다가 즉사하고 말 것이다. 시체조차 온전하지 못하고 구천을 헤맬지도 몰랐다.

진천은 이 사기의 내단을 수라환단(修羅還丹)이라 부르기로 했다.

진천은 그 자리에서 많은 양의 수라환단을 만들어냈다. 사혼굴이 있는 산은 명산이라 불러도 무방할 정도로 약초가 많았다. 게다가 사혼굴의 주변에는 귀한 약초가 즐비해 있었다.

'이 정도면 충분하겠지.'

진천은 만들어진 수라환단 중 하나를 집어 들었다. 마치 흑진주처럼 검었지만 윤기를 머금고 있다. 모르는 자가 보았다면 보석이라고 착각할 정도였다. 수라환단의 주변으로 검은빛 사기가 넘실거렸다. 사기에 주변의 풀이 생기를 잃었다.

진천은 수라환단을 들고 시귀를 바라보았다. 시귀는 아무 말없이 그 자리에 서 있다. 오로지 진천의 명령만으로 행동하는 이성이 없는 존재였다.

"이것을 섭취해 보거라."

시귀에게 수라환단을 건네자 시귀가 단숨에 수라환단을 삼켰다. 그러자 시귀의 몸에 변화가 일었다. 시귀의 몸에 쌓여 있던 사기가 점점 더 진해지더니 시귀의 피부가 검게 변했다. 손으로 만져 보니 돌처럼 단단했다.

진천은 검을 뽑아 시귀의 팔을 베어보았다. 하지만 칼이 들어가지 않았다.

검기를 일으키니 상처가 생겼다. 마치 강시를 보는 것 같다. 강시와 다른 점이 있다면 생전의 무공을 자유롭게 쓸 수 있다는 점이다.

사기로 인해 강력해진 무공은 오로지 진천의 명령만을 받들어 쓸 것이다. 강시처럼 제약이 많지도 않고 움직임도 자연스러웠다.

"널 이제부터 수라귀라 부르마."

수라귀는 그저 묵묵히 서 있을 뿐이었다.

진천은 수라귀에게 직접 사기를 주입해 보았다. 사기의 양이 많아질수록 수라귀의 몸은 더욱 검어졌고, 그러다가 다시 본래의 색깔을 찾았다. 금강불괴의 수준은 아니지만 검기도 어느 정도 막아낼 수 있는 수준 같았다.

그 이상은 진전이 없었다. 수라귀의 생전 무공 경지로는 거기까지가 한계였다. 절정 고수를 수라귀로 만든다면 도검 불침도 가능할지 몰랐다.

"부르셨습니까, 주군?"

"주군을 뵙습니다."

흑풍과 흑운이 어둠 속에서 나타나 진천의 앞에 부복했다. 진천은 수라환단을 흑풍과 흑운에게 건넸다. 흑운과 흑풍은 수라환단을 조심스럽게 받아 들었다.

"섭취하라. 내공의 증진이 있을 것이다."

"존명!"

"존명!"

흑운과 흑풍은 즉시 수라환단을 복용하고 가부좌를 틀었다.

수라환단을 복용한 순간 강한 기운이 몰아치며 그들의 주위에 검은빛이 돌기 시작했다. 보통이라면 선천지기가 잠식당해 죽어버렸을 것이다. 하지만 사기를 받아들인 둘은 오히려 편안한 기분을 느꼈다.

들썩!

둘의 몸이 들썩거렸다. 막힌 혈맥이 뚫어지며 세맥에 쌓인 불순물까지 제거된 것이다. 사기는 오히려 그들의 몸에 있는 해로운 요소들을 잡아먹었고 그 부피를 늘렸다. 단번에 혈맥을 통과해 단전에 쌓이고 있었다.

흑운의 몸이 공중에 떠올랐다. 그의 코와 입으로 검은 기류가 뿜어져 나왔다가 그의 주변을 맴돌더니 다시 몸 안으로 들어갔다.

진천은 흑운이 절정의 경지를 밟았음을 알 수 있었다. 흑운과 흑풍이 눈을 번쩍 떴다. 강인한 기세가 흘러나왔다. 둘은 감격하여 진천의 발밑에 머리를 조아렸다.

"하늘 같은 은혜에 목숨을 다해 갚겠습니다."

"결코 실망시켜 드리지 않겠습니다."

그들의 감정은 온전히 그들의 것이었다. 진천에 의해 혼백이 제압당했다고는 하나 그들은 자유의사가 있었다. 자유롭지만 단지 진천을 신처럼 모실 뿐이다.

"흑풍, 흑영대의 수련 상태는?"

"아직 어설픕니다만 살수 티가 나기 시작했습니다."

"너희처럼 수라환단을 먹는다면 겨울이 지나기 전에 실전 투입이 가능하겠나?"

흑풍은 잠시 생각하다가 고개를 끄덕였다.

"내공 증진이 이루어진다면 가능합니다. 합격진이 완성된다면 써먹을 수 있을 것입니다."

"챙겨가라. 본격적인 수련은 사혼굴에서 한다. 수라환단의 존재를 들켜서는 안 되니 말이야."

"존명!"

흑풍이 수라혈단을 챙겨 들고 사라졌다.

흑풍이 은밀하게 키우고 있는 삼십삼 인의 흑영대는 오늘 엄청난 기연을 맞이하게 될 것이다. 일류 고수로서 단숨에 성장할 수 있는 내공을 얻게 되는 것이니 말이다. 그 후는 부단한 노력과 자질, 그리고 깨달음이 있어야 할 것이다.

진천은 흑영대에게 그 정도는 바라지 않았다. 일류 고수만 되어도 살수로서는 대단한 것이다. 마교에 비할 바는 아니지만 제남에서는 위력적인 힘을 발휘할 것이다.

"순조롭군."

흑호가 그의 옆에서 으르렁거리며 기분이 좋은 듯 애교를 부렸다.

순조롭지 않을 리가 없었다. 그 누구도 진천이 가진 위험함을 눈치채지 못했으니 말이다.

'조금 더 시간이 필요하다.'

사법만큼이나 본연의 무공 실력도 중요했다. 최소한 입신의 경지에 이르지 않는 이상 나설 수 없었다.

군자의 복수는 십 년이 걸려도 늦지 않는다. 진천은 진무방과 청월루를 장악하고 마교로 진출할 생각이다.

진천은 검을 뽑아 사혼굴의 벽에 겨누었다.

'마교를 이용해 무림맹을 친다.'

벽에 선이 그어졌다. 일렁이는 잿빛 검기가 단단한 동굴의 벽에 깊은 상처를 남긴 것이다.

적을 이용해 적을 친다.

그것이 지금 진천의 계획이었다.

제5장
폐관 수련

　진천은 사혼굴에서 나와 단문세가로 돌아왔다. 겨울이 오기 전까지 자신이 가진 모든 것을 끌어올려야 했다. 겨울이 지나고 나면 더 이상 기회가 없을 것임을 알기 때문이다.

　진천은 진무방, 그리고 청월루에 대한 모든 정보를 모았다. 설화와 흑영대가 가지고 있는 정보와 그들을 본격적으로 이용해 모은 정보는 상당했다.

　마교와의 관계를 파악하는 것에 꽤나 많은 시일이 걸렸다. 진천의 명령으로 최대한 신중하게 움직였기 때문이다.

　'이 정도면 충분하다.'

진천은 마교가 진무방을 세운 것이라 예상했지만 그것은 사실이 아니었다.

진무방은 원래 그 근방에 있던 사파 무리가 모여 만든 것이었다. 물론 마교가 뒤를 봐주고 있는 것은 확실했다. 마교에게 상당한 이익을 바치고 그 휘하에 있는 것이다.

'그렇다면 이야기가 달라지지.'

그들은 아직까지 전면으로 나서기 힘들 것이다. 진무방이 순조롭게 제남을 장악하고 나서야 나설 것이 분명했다. 제남은 아직 산동무림, 그리고 무림맹의 영향 아래 있었다.

'제갈세가, 황보세가가 있으니 일단 지켜보자는 쪽이겠지.'

그것이 지금까지 습득한 진무방에 대한 모든 정보였다. 그렇다면 이번 겨울이 지나기 전이 적기였다.

좀 더 과감하게 나가도 될 것이다. 이런 복잡한 상황 속에서는 늘 세력 다툼이 일어나게 마련이다. 잔존 사파 무리와의 세력 다툼 정도로 보이는 것도 나쁘지 않았다. 어쨌든 진천이 계획을 실행하려면 마교와의 접점이 필요했다.

'내 무공 경지를 올려야 한다. 이걸로는 부족해. 적어도 청월루주를 상대할 수 있을 정도는 되어야 한다.'

완숙한 절정의 경지에 이르렀지만 부족했다. 진천은 자신의 부족함을 너무나 잘 알고 있었다.

단문세가에 돌아온 진천은 당가연에게 먼저 인사를 했다.

오랜만에 들어온 아들이 어머니에게 제일 먼저 찾아가는 것은 기본 예의였다. 진천은 그저 형식적인 것이라 생각했지만 마음 한쪽으로 따듯한 기분이 들었다.

"다녀왔습니다."

"그래, 건강해 보이니 다행이구나."

"혈색이 많이 좋아지셨군요."

당가연의 얼굴에서는 웃음이 끊이지 않았다. 최근에는 좋은 일만 생기고 있었기 때문이다.

단문세가는 황보세가의 도움으로 상단을 본격적으로 움직일 수 있게 되었고 점점 상황이 안정되어 갔다. 황보세가의 도움을 이끌어낸 것이 바로 당가연의 앞에 있는 진천이다.

'내 품을 떠날 때가 되었구나.'

말썽만 부리던 아들은 이제 단문세가, 아니, 제남의 자랑거리가 되었다. 풍류를 즐긴다는 다소 안 좋은 소문이 있기는 했지만 그마저도 흠은 아니었다. 오히려 제남, 그리고 근방에 위치한 중소 가문에서 끊임없이 혼약에 대한 입질을 보내왔다.

'진천에게는 그 아이가 어울려.'

당가연은 황보미윤과 진천이 이어졌으면 했다. 명문가의 아가씨답지 않게 겸손하고 예의가 바른 아이였다.

무엇보다 지혜롭고 독하지 않은 점이 마음에 들었다. 감정에 솔직하여 자신에게 진천에 대한 이야기를 물으니 그렇게 예쁠 수가 없었다. 하지만 진천은 별로 관심이 없는 눈치였다.

사고 전에는 그렇게 여자를 밝히더니 지금은 그런 기색이 전혀 없었다. 그것이 나쁜 것은 결코 아니지만 조금 복잡한 마음이 드는 당가연이다.

"당분간 집에 있을 것이냐? 미윤이 그 아이한테라도 가보는 것이 어떠하냐."

"폐관 수련에 들어갈까 합니다."

"폐관 수련?"

진천은 고개를 끄덕이며 당가연을 바라보았다. 진천의 눈빛은 강해지기 위한 열망으로 가득 차 있었다. 그 모습을 보니 죽은 남편이 떠오른 당가연이다.

"단지 강해지기 위함이냐?"

"강함은 도구일 뿐입니다."

"명성을 바라느냐, 부를 바라느냐?"

진천은 그렇게 묻는 당가연을 보며 웃었다.

"둘 다 스쳐 지나가는 것이겠지요."

"그래, 그렇구나. 다 부질없는 것이지. 진천아, 진정 중요한 것은 마음의 자유다. 자유로운 자만이 행복할 수 있다. 그것을 명심하거라."

"예, 어머니."

"잠시 기다리거라."

당가연은 자리에서 일어나 어딘가로 향했다. 그리고 곧 돌아온 그녀의 손에는 비급이 하나 들려 있었다. 단문세가의 모든 비전 무공이 적혀 있는 비급이었다.

"대대로 전해지는 가전 비급인 단천신공(斷天神功)이니라. 네 아버지는 안타깝게도 대성하지 못했지. 그럼에도 무림에 이름을 알렸다. 단문세가의 가주로서 익혀할 것이다."

"단천신공이라……."

진천은 비급을 받아 들었다. 비급은 상당히 오래되어 보였다. 기뻐할 만하지만 진천은 감정의 변화가 없었다. 그 모습에 당가연은 흡족한 듯 고개를 끄덕였다.

"언제까지 수련할 것이지?"

"겨울이 지나기 전에 나올 것입니다."

"겨울이라……. 올 겨울에는 눈이 많이 내릴 것 같구나."

진천은 잠시 그렇게 앉아 침묵을 지키다가 자리에서 일어났다.

"그럼 가보겠습니다."

"알겠다."

별다른 말은 없었다.

당가연은 아쉬워하는 기색이 역력했지만 붙잡지 않았다. 진천은 그대로 등을 돌려 밖으로 나와 간단하게 짐을 챙겼다.

겨울이 오기 전에는 결코 돌아오지 않을 것이다.

진천은 그대로 사혼굴로 향했다. 사혼굴에 도착한 진천은 흑영대의 모습을 볼 수 있었다. 흑영대 역시 겨울에 될 때까지 훈련을 계속할 것이다.

진천이 나타나자 흑풍, 흑운, 그리고 흑영대가 모두 부복했다.

"주군을 뵙습니다."

흑운이 먼저 말했다. 그러자 모두가 그것을 따라 했다. 큰 소리를 내지는 않았는데 이곳은 은밀해야 하기 때문이다.

"나는 수련에 들어간다. 겨울이 오기 전까지 만족할 만한 성과를 보이도록."

"존명!"

흑영대가 동시에 대답했다. 진천은 그대로 발걸음을 돌려 사혼굴 안으로 들어섰다. 사혼굴의 깊숙한 곳까지 이르러 좁은 통로를 지나자 큰 빈 공간이 모습을 드러냈다.

어두웠지만 야명주 덕분에 글을 읽을 수 있을 정도는 되었다. 흑운이 준비해 놓은 벽곡단이 담긴 항아리가 보인다. 진천은 혼기를 일으키며 벽을 향해 주먹을 휘둘렀다. 벽이 무너지며 좁은 입구가 밀폐되었다. 공기가 통할 정도는 되었으나 쉽게 빠져나갈 수는 없어 보였다.

진천은 바닥에 앉아 가부좌를 틀었다.

진천의 폐관 수련이 시작된 것이다.

'겨울이 오기 전까지 만족할 만한 경지에 이르러야 한다.'

그렇다고 조바심을 낼 필요는 없었다. 급하게 갈 수 있는 곳이 아니었다.

그 벽은 인내심을 가지고 천천히 넘어가야 했다. 현문 대사는 남자가 조바심을 내야 할 때는 뒷간에 갈 때뿐이라고 했다. 그 말이 생각나자 진천의 얼굴에 미소가 번졌다.

'엇나가는 제자를 용서하지 마십시오.'

현문 대사가 어떤 표정을 짓고 있을지 뻔했다.

진천은 마음을 추스르고 수라역천심법을 운공하기 시작했다. 그가 알고 있는 모든 것을 녹여내어 수라역천신공을 만드는 것이 바로 폐관 수련의 목표이다. 진천의 자질이라면 충분히 가능할 것이다.

수라역천심법을 운기할수록 무언가 계속해서 떠올랐다.

죽음을 겪으며 느낀 그 감각이 아직 진천의 몸에 남아 있었다. 희미한 육체를 벗어나 모든 것을 초월한 기억이 있었다. 육체를 벗어났던 그는 모든 것을 이해할 수 있었다. 지금은 비록 그 끝자락조차 잡지 못하지만 진천은 실마리를 움켜잡고 있었다.

사혼단에서 나온 사기가 진천의 혈맥을 따라 질주했다. 순식간에 소주천을 이루자 진천의 주위에 잿빛 기운이 솟구쳤다. 사기는 혼기가 되어 진천의 단전에 가득 찼다. 더 이상 쌓이지 못한 혼기가 그의 코와 입으로 흘러나왔다.

혼기가 단전이 팽창할 정도로 가득 차 더 이상 축기는 불가능했다.

진천은 자리에서 일어났다. 충만한 혼기가 그의 혈맥을 따라 가득 흘러나왔다.

'우선은 수라신권부터다.'

백보신권에서 더 나아가 수라역천심법에 맞춰 더욱 발전시켜야 했다. 단순히 형과 뜻을 빌려오는 것이 아니라 완전히 동화되어야 했다.

'역천……'

진천은 백보신권을 거꾸로 펼치기 시작했다. 그가 기억하고 있는 백보신권의 동작을 아주 천천히 거꾸로 펼치고 있는 것이다. 소림, 그리고 현문 대사의 뜻을 품고 있는 백보신권이 역으로 펼쳐졌다.

진천의 온몸이 땀으로 물들었다. 온몸에 가중되는 부담이 상당했기 때문이다. 한 차례 전부 다 펼쳤을 때는 반나절이 지나 있었다. 백보신권의 형을 완전히 기억하고 그리고 동시에 잊으려 했다.

진천은 주먹을 내렸다. 온몸이 부들부들 떨렸다.

하지만 그 고통이 진천에게는 더욱 강해질 수 있다는 기쁨으로 다가왔다.

폐관 수련은 이제 시작이었다.

＊　　　＊　　　＊

며칠이 지났는지 기억도 나지 않았다. 진천은 잠도 자지 않고 계속해서 수련에 매진했다. 밤낮의 경계를 잊었을 때 백보신권의 형태는 그의 머릿속에서 완전히 지워졌다.

느리게 역순으로 펼치던 권법이 점점 빨라지고 격렬해졌다. 뼈와 근육이 어긋나는 소리가 들렸지만 멈추지 않았다. 그의 근육은 새롭게 다시 짜였고 뼈와 관절 역시 그에 적응하고 있었다. 사혼단의 사기는 그를 지치지 않게 해주었고, 수라역천 심법은 그를 무아지경으로 이끌었다.

'잊었다.'

진천은 진정으로 그렇게 생각했다. 빠르게 뻗은 주먹엔 더 이상 백보신권의 흔적이 보이지 않았다. 그와 반대되는, 오로지 파괴만을 위한 역천의 권법이었다. 진천이 주먹이 뻗는 순간마다 동굴의 벽이 움푹 파이며 돌가루가 날렸다. 진천은 무아지경으로 주먹을 휘둘렀다.

주먹을 뻗고, 손가락으로 후벼 파고, 장력까지 펼쳤다. 그가 손을 내리자 바닥과 벽에 기묘한 형태의 흉터가 나 있다. 사방으로 거칠게 파여 있었지만 진천으로 향하는 소용돌이 모양이었다.

'만물을 이해하고 그것에 동화되는 길을 가서는 안 된다.'

그것이 정도였다. 하지만 진천은 그와 반대되는 길을 가고 있었다. 만물의 중심이 그였으며 자연은 그저 따를 뿐이다. 자신을 위해서 모든 것을 지배하며 이용하는 것이다. 진천으로 향하는 소용돌이가 그것을 아주 잘 나타내 주고 있었다.

그 깨달음은 수라역천심법을 순식간에 칠성에 이르게 하였다. 그 순간 온몸의 혼기가 날뛰기 시작했다. 사혼단에서도 막대한 사기가 흘러나왔다. 극에 이른 주화입마는 진천에게 있어서 깨달음이었다. 혈맥이 미칠 듯이 팽창하고 온몸이 푸른빛으로 변해갔지만 고통은 느껴지지 않았다. 오히려 넘쳐흐르는 기운에 어떤 쾌감마저 느끼고 있었다.

진천은 가부좌를 틀었다. 수라역천심법 역시 사기의 움직임에 따라 새롭게 써 내려갔다. 단순히 통제하는 것이 아닌 지배의 형태를 띠고 있다. 사혼단은 진천의 그런 깨달음을 축복이라도 하듯 사기를 아낌없이 내뿜었다. 혈맥뿐만 아니라 뼈와 근육, 그리고 피부에까지 퍼지고 있었다. 그의 얼굴이 검어지고 피부가 죽어갔지만 진천은 그것을 억제하지 않았다.

사기는 혼기로 변했고, 막대한 양의 혼기가 혈맥을 따라 질주했다. 미친 듯이 혈맥을 따라 질주하던 혼기는 더 이상 망

설임이 없었다. 백회혈까지 치솟아 그대로 들이받은 것이다

꽈앙!

엄청난 진동이 내부에서 느껴졌다. 진천 역시 망설이지 않았다. 진천의 깨달음은 그 경지에 이르기에 미숙했지만 사혼단이 자신을 죽게 하지 않으리라는 강한 확신이 있었다. 자신은 일반적인 무공을 익힌 것이 아니었다. 그것은 역천이고 정도와 반대되어 흐름을 역행하는 것이다.

그것에서라면 진천은 누구에게도 지지 않을 것이다. 그의 존재 자체가 이미 역천이고 사법의 결정체였다.

혼기만으로는 부족했다. 그러자 사혼단에서 치솟은 사기가 혼기와 섞이며 백회혈로 향했다. 몸 밖으로 흘러나온 잿빛 기운이 다시 진천의 코와 입으로 들어감과 동시에 혼기가 질주했다.

꽈앙!!

순식간에 백회혈이 뚫리며 기운이 휘몰아쳤다. 혼기는 혈맥을 따라 끊임없이 돌며 결코 멈추지 않았다. 생사현관이 타통된 것이다.

동시에 진천의 몸이 공중으로 떠올랐다. 진천의 머리 위로 검고 푸른 꽃들이 피어나기 시작했다. 모두 세 개의 꽃이다. 삼화취정이라 부를 수도 있겠지만 그것과는 확연히 달랐다. 그의 선천지기와 사기의 구분이 없어지고 오로지 혼기만이 남

은 사혼일체의 경지였다.

드드득!

검게 죽은 피부가 갈라지며 잿빛 기운이 치솟았다. 그의 모든 머리카락이 빠지고 입술, 그리고 이마저 녹아내렸다. 순간 세 개의 꽃이 터져 나가며 그의 주위에 자욱하게 자리 잡기 시작했다.

우득!

뼈와 근육이 혼기에 맞게 재구성되기 시작했다.

혼기로 구성되어지는 신체는 더 이상 정도의 육체를 지닐 수 없었다. 뼈와 근육이 부서지고 다시 재생되기를 반복했다. 사기로 물들었던 그것은 이제 모든 것을 혼합할 수 있는 그릇으로 재탄생되고 있었다.

파앗!

뼈와 근육이 재생되고 피부가 모조리 떨어져 나감과 동시에 다시 생겨났다. 새하얀 피부가 생겨났고 다시금 머리카락과 눈썹, 그리고 이가 자라났다.

그의 피부는 여인의 것보다 하얗고 부드러워 보였지만 도검불침이라 생각될 만큼 아주 단단했다.

번쩍!

진천의 눈이 떠짐과 동시에 주위에 있던 잿빛 기운이 모조리 그에게 빨려 들어왔다. 진천은 끊임없이 거대한 흐름을 보이는 혼기를 진정시켰다. 단전에 충만하게 축적되며 무려 이 갑자가 넘는 혼기의 양이 느껴졌다.

진천은 온몸에 넘쳐흐르는 막대한 힘에 주먹을 불끈 쥐었다.

그가 천천히 몸을 일으켰다.

넝마가 된 무복을 입고 있었지만 그의 몸에서는 마치 광채가 나오는 것 같았다. 부족하던 모든 부분이 보충되었고 최상의 육체가 되었다.

혼기의 그릇이 된 육체는 극에 이른 아름다움을 보여주고 있었다. 하지만 진천은 그런 것 따위는 전혀 신경 쓰지 않았다. 오로지 막대한 혼기가 끊임없이 온몸의 혈맥을 따라 순환하는 것을 보며 희열을 느낄 뿐이다. 혼기의 흐름이 끊김이 없어 무공을 펼치는 데 엄청난 위력을 보일 것이다.

진천은 주먹을 쥐었다. 그의 몸에서 완성된 수라신권이 펼쳐지기 시작했다. 진천의 주먹에서 권기가 솟구치기 시작하더니 형태가 완전히 뚜렷해졌다.

권강!

권강이 펼쳐진 것이다.

절정의 경지를 넘어 입신, 아니, 입혼(立魂)의 경지에 이른 것이다. 이것을 무엇으로 표현해야 할까? 무림 역사를 통틀어 입혼의 경지를 이룬 자는 없을 것이다. 사파 연맹주조차 사공을 표방하고는 있지만 정도에서 변형된 것에 불과했다. 하지만 진천은 그야말로 정도를 역행하고 있었다. 진정한 역천이 그에게서 태어난 것이다.

콰앙!

권강이 동굴의 벽을 부수었다. 권기 따위와는 비교되지 않은 엄청난 위력이다. 뿜어져 나간 권강이 멀리 떨어져 있는 동굴의 끝을 부수었다.

진천의 권법은 멈추지 않았다. 전방의 모든 것을 장악하며 권강을 뿌리는 수라현신의 초식부터 시작하여 한 점에 모든 것을 모아 가격하는 파천권의 초식까지 순차적으로 펼쳐졌다. 수라신권의 모든 초식은 백보신권과 달랐다. 백보신권이 지닌 모든 것과 반대였다.

백보신권은 백 보 밖의 상대를 부수는 것에 그쳤지만 수라신권의 파천권은 진천을 중심으로 반경 백 보 내를 모조리 권강으로 뒤덮는 무서운 초식이었다. 그것이 진천이 닿은 수라신권의 오의였다.

막대한 혼기에서 뿜어져 나오는 수라신권은 고금제일의 파괴력을 지닌 권법이라 할 수 있었다.

"후우."

진천은 주먹을 내리며 긴 호흡을 했다. 그동안 미진하던 것들이 전부 이해가 되었다. 그가 육체를 벗어나던 날 깨달은 것들이 점차 그에게 다시 스며들고 있었다.

진천의 오성은 더욱 발달되었다.

진천은 서서히 바닥을 밟아갔다. 수리신법이 펼쳐지고 있다. 그의 몸이 순식간에 이동되었다. 잿빛 기운을 뿌리며 마치 그림자처럼 사라지는가 싶더니 순식간에 사방에서 나타났다. 그의 몸은 어둠에 가려 보이지 않았다.

잿빛의 호신강기가 펼쳐지며 잔상을 그렸다. 수리신권과 합쳐진다면 어마어마한 위력을 자랑할 것이다.

수라역천신공이 얼추 완성되었다. 이제 진정한 기틀을 잡은 것에 불과하지만 더욱 보충되고 발전해 나갈 것이다.

진천은 한쪽에 놓여 있는 단천신공(斷天神功)을 바라보았다.

단문세가의 모든 것이 적혀 있는 비급은 진천에게 또 다른 무기가 되어줄 것이다.

진천은 순식간에 구결을 암기하고 검을 뽑았다. 단문세가의 가주에게 전해지는 단천검(斷天劍)이다. 푸른빛의 아름다운 단천검에서 잿빛의 검강이 치솟았다.

그는 수라신법을 펼치며 검을 휘둘렀다.

단천검법이 진천의 수라역천신공에 맞춰서 더욱 위력적으로 변모했다. 순식간에 나타나 검강을 뿌리고 사방을 점하는 모습은 단문세가의 검법이라고는 상상할 수도 없을 정도로 파괴적이었다.

내공심법에 약한 단문세가의 약점을 극복한 단문검법, 그리고 단천검법은 구파일방의 것과 비교해도 꿇리지 않았다.

진천은 수라역천신공의 묘리를 단천검법에 섞었다. 그러자 무시무시한 위력을 지닌 검법으로 재탄생했다. 진천은 이것을 수라검법이라 부르기로 했다.

진천은 마구 휘두르던 검을 멈추었다. 동굴의 벽엔 흉터가 가득했다. 어느 하나 성한 곳 없이 모두 빼곡하게 상처가 나 있었다.

"이제는……."

진천은 정신을 집중하여 혼기를 분리했다. 그러자 잿빛의 기운이 점차 옅어지며 푸른 기운으로 바뀌었다. 그 누구도 그것을 혼기라 생각할 수 없을 것이다. 맑고 정순한 검강이 단천검을 울렸다.

단천신공을 그 뜻 그대로 펼쳤다. 누가 보더라도 그것은 단문세가의 검법이었다.

속도와 위력은 줄었지만 겉으로 내세우기에는 좋을 것이다. 단진천은 백도무림에서 이것으로 유명해져야 했다.

'아직 좀 더 이해가 필요해.'

진천의 손에 들린 단천검이 검명을 토해내며 울렸다. 깨달음을 정리하는 과정 역시 쉽지 않을 것이다. 하지만 진천의 마음에는 기쁨과 설렘만이 가득했다.

진천은 결코 만족하지 않았다. 닿을 수 있는 경지가 그의 앞에 무수히 펼쳐져 있기 때문이다.

진천은 결코 안주하며 쉬지 않았다. 앞으로도 그럴 것이다.

제6장
출두

추운 겨울이 왔다.

진천의 명령으로 사혼굴의 앞에는 커다란 연무장이 마련되었다. 보는 눈이 많기에 흑영대의 건물에서는 본격적인 수련이 불가능했기 때문이다.

사혼굴은 제법 많이 변해 있었다. 동굴의 주변에는 움막이 들어서 있고 사혼굴 안은 좀 더 확장되어 있었다. 아직은 임시 거처에 불과했지만 세력이 더 늘어난다면 이곳이 중심이 될 것이 분명했다.

"흐앗!"

"크윽!"

"합격진이 흐트러졌다! 재정비!"

흑영대는 이곳에서 죽음을 넘나드는 훈련을 하고 있었다.

흑풍은 살벌한 기세를 흘리고 있는 흑영대를 바라보았다.
과거 살수 생활을 한 흑풍은 자신의 비기를 모두 흑영대에게
전수하였다. 흑영대원들은 거의 죽음의 직전까지 자신을 몰
아붙이며 수련에 매진했다. 고독은 그들의 혼백을 제압했고,
진천에 대한 충성심은 계속해서 자라났다.

진천이 그들에게 수라환단을 주었다고 들었을 때는 감격해
서 눈물을 보이기까지 했다.

하류 인생이던 자신들을 대의를 위해 써주는 것뿐만 아니
라 평생 꿈도 못 꿀 무공까지 전수해 주니 그들은 몇 번이고
충성을 맹세한 것이다.

'수라환단의 위력이 대단하군.'

흑풍은 그렇게 생각할 수밖에 없었다. 수라환단은 분명 엄
청난 가치를 지닌 물건이었다. 일반 무림인에게는 독약이었지
만 자신같이 주군의 은혜를 받은 자에게는 무엇과도 바꿀 수
없는 영약이었다.

삼류 무인에게 가장 필요한 것이 바로 내공이다. 내공만 해
결된다면 이류까지는 노력으로 오를 수 있었다. 피를 토하는
노력을 한다면 일류까지 오를 수 있다는 것이 통설이다. 그

후에는 자질과 깨달음이 있어야 했다.

수라환단은 그만한 내공을 전해주었다. 흑풍이 전해준 내공심법과 잘 어울려 흑영대는 폭발적인 성장을 할 수 있었다. 그들에게 가장 필요한 것은 실전 경험이었다. 그래서 그들은 죽음을 넘나드는 실전과도 같은 훈련을 하고 있었다.

그들은 수라귀를 이용해 훈련했다. 수라귀는 절정 고수인 흑풍이 상대하더라도 쉽지 않았다. 단단한 피부에 막강한 사기를 바탕으로 뿜어지는 수라귀의 검법은 어떠한 망설임도 없이 날카로웠다. 수라귀는 절대 봐주는 법이 없었다.

'여기까지 해낼 줄이야.'

흑풍은 삼십삼 인의 흑영대가 수라귀를 상대로 선전하고 있는 것을 보고 감탄했다. 정신력은 이미 육체의 경지를 넘어서고 있었다. 모든 욕심이 사라지고 주군만을 위한 맹목적인 충성심이 생기자 그들의 경지는 그야말로 일취월장했다.

'모두 일류에 이를 줄은 몰랐어. 게다가 몇몇은 자질이 뛰어나 절정을 바라볼 수도 있다.'

흑풍이 내린 평가였다.

흑풍은 진천 덕분에 또 다른 경지로 가는 벽을 만날 수 있었다. 언제나 발목을 잡던 내공이 해결되니 더 이상 그를 막을 장애는 존재하지 않았다.

'사파의 심법과 잘 맞는군. 이류에 불과한 진사심법이지만

축기의 속도는 가히 일절이다.'

흑풍이 내린 평가였다. 진사심법은 축기의 속도가 빠르고 위력적이라는 장점이 있었다. 하지만 탁기에 중점을 두는 만큼 주화입마에 빠지기 쉽고 상승의 경지로 가기는 어려웠다. 그렇기에 사파의 살수들이 주로 익히는 것이 진사심법이었다.

흑영대의 내공은 모두 사기로 교체되어 있었다. 진사심법과 사기와 만나니 모든 단점이 사라져 버렸다. 흑영대는 거의 무념무상의 상태라 주화입마에 걸릴 일도 없었고 수라환단을 바탕으로 축기한 사기의 양은 엄청났다. 진사심법의 축기 속도는 더욱 빨라졌고 위력은 더욱 증강되었다. 그야말로 절기라 부르기에 부족함이 없는 무공이었다.

'이것이 다 주군의 은혜이다.'

흑풍은 진천이 자신에게 섭혼술을 건 것을 알고 있었다. 그에게 반항하는 마음은 전혀 없었다. 진천의 사기를 받아들이고 이해한 순간 진천이 지닌 강한 분노를 느꼈다. 그리고 진천이 자신을 결코 버리지 않을 것임을 깨달았다.

그것은 흑운뿐만 아니라 흑영대 역시 마찬가지일 것이다.

절정의 경지에 이르렀지만 사파 출신이라는 이유로 차별을 당하는 수모를 겪었다. 산동무림에서 이름을 날렸지만 그것으로 만족하지 못했다.

'주군과 함께라면 내 뜻을 마음껏 펼칠 수 있다.'

흑풍은 주먹을 불끈 쥐었다. 흑풍에게 섭혼술은 제약이 아니라 은혜였다. 그로 인해 자신은 더욱 발전할 수 있고 사내로서 품은 뜻을 펼칠 수 있게 되었다.

흑풍이 본 진천은 능히 천하를 가지고 놀 만한 자였다. 그에게 있어서 신으로 자리 잡고 있었다.

"음?"

모두 움직임을 멈추고 사혼굴을 바라보고 있다. 작은 진동에 불과했지만 점차 커지기 시작하더니 연무장을 울릴 정도가 되었다.

콰아앙!!

사혼굴에서 무수한 돌이 연무장으로 튀어나왔다. 그 돌들은 잘게 부수어져 먼지가 되어 흩날렸다.

뚜벅뚜벅!

사혼굴에 내려앉은 어둠 속에서 누군가 걸어 나왔다. 때가 타고 넝마가 된 옷을 입고 있었지만 그것을 결코 신경 쓸 수 없을 만큼 걸어 나온 신형은 엄청난 존재감을 뿌리고 있었다.

그가 바닥에 쌓인 눈을 밟으며 어둠 속에서 걸어 나와 연무장의 가운데에 섰다.

가만히 서 있던 흑영대가 그 자리에 무릎을 꿇으며 머리를 조아렸다. 흑운과 흑풍이 그의 앞에 다가와 부복했다.

"주군을 뵙습니다!"

"주군을 뵙습니다!"

모두가 그렇게 소리치자 산이 울렸다. 멀찍이 떨어져 있던 흑호 역시 진천 쪽을 바라보더니 그 자리에서 고개를 숙였다. 그가 순식간에 검을 뽑아 바닥에 찔러 넣었다.

그러자 흑운과 흑풍이 물러나고 흑영대가 일어났다.

"동(動)!"

흑풍이 외치자 흑영대가 퍼져 나가며 자세를 잡았다. 조용히 눈을 감고 있던 그들의 주군이 눈을 떴다.

＊　　　　＊　　　　＊

눈이 내리고 있다. 내리던 눈은 진천의 몸에 닿기도 전에 증발해 사라졌다. 그의 몸에서는 잿빛의 호신강기가 흘러나와 만물의 침입을 불허했다.

진천은 살기등등한 기세를 뿜어내고 있는 흑영대를 바라보았다.

그가 폐관 수련에 들어가고 흑영대 역시 죽음을 넘나드는 수련을 한 것으로 짐작되었다. 진천이 생각한 것보다 무공의 수위가 높아져 있다.

진천은 천천히 자세를 잡았다. 수라신권의 시작을 알리는 기수식이다. 그것을 지켜보던 흑운과 흑풍이 흑영대의 대열에

합류했다.

"개진(開陣)!"

흑풍이 소리치자 흑영대가 진을 짜며 진천의 주위를 압박했다. 삼십삼 인, 그리고 흑운과 흑풍이 내뿜는 기세가 진천을 크게 압박하고 있었다. 하지만 진천은 흔들리지 않았다.

수라신권은 근원인 부동심으로부터 발전하여 스스로 결코 흔들리지 않으며 마음대로 움직일 수 있는 자동심(自動心)에 이르고 있었다. 심득으로서는 백보신권에 미치지 못하지만 무공으로서는 백보신권을 앞서가고 있었다. 비록 아직 대성하지는 못했지만 진천은 명확히 그 길을 보고 있었다.

흑영대의 기세를 진천이 서서히 압도해 가기 시작했다.

"살(殺)!"

흑영대가 움직였다. 빈틈없이 진천의 주변을 가득 메우며 진천의 틈을 노렸다. 유기적으로 움직이며 진천의 시야를 어지럽혔다. 절정 고수라도 능히 혼란에 빠질 만한 움직임이다.

흑영대는 아직 일류, 이류의 살수들로 구성되고 살수가 된지 얼마 되지 않았지만 절정 고수를 압살할 수 있을 만큼 위력을 지니고 있었다.

흑영대가 달려들었다. 정말로 진천을 죽일 듯이 달려든 것이다. 흑영대가 든 검에는 검은 기운이 조금씩 묻어 있다. 사기가 자욱하게 퍼져 있어 정도를 지향하는 무인이라면 사기에 내상을 입을 정도였다.

흑영대의 검이 사방에서 찔러왔지만 진천은 수라신법을 밟으며 피해냈다. 그는 그 자리에서 벗어나지 않았지만 능히 모든 것을 피해내고 있었다.

퍼억!

진천의 수라신권이 펼쳐졌다. 진천의 주먹이 순식간에 사방으로 뻗어나가며 흑영대의 몸을 후려쳤다. 흑영대원들의 몸이 튕겨 나가기 시작했다. 손속에 사정을 두었기에 그저 밀려날 뿐 내상은 입지 않았다.

진천의 움직임이 일변하기 시작했다. 주변에 자욱한 잿빛을 뿌리며 사방에 나타났다가 사라졌다. 그림자가 치솟는 것처럼 이동한 진천은 무척이나 자유로운 움직임을 보여주고 있었다.

진천의 주위로 몰려들었던 흑영대원이 뒤로 밀려나며 간신히 멈추어 섰다. 순식간에 진이 뚫리며 무너져 내렸다. 그것을 본 순간 진천이 손을 내렸다. 그러자 흑영대원들이 물러나며 고개를 숙였다.

흑운과 흑풍이 진천의 앞에 섰다. 진천이 바닥에 꽂힌 검을 뽑았다. 흑운과 흑풍이 검을 뽑으며 진천의 주위를 맴돌기 시작했다. 진천의 감각에 흑운과 흑풍의 움직임이 너무나 선명하게 보였다. 입혼의 경지에 오르면서 그의 감각은 예지에 가깝게 발달되었다.

'화경이라······.'

진천은 자신이 화경에 이르렀다고 확신했다. 정확히 표현하자면 그에 비등한 경지를 밟고 있다고 하는 것이 옳을 것이다. 그는 무림인과는 완전히 다른 길로 가고 있었기 때문이다.

우화등선(羽化登仙)이 아닌 역천의 경지를 완성해 나가고 있는 것이다. 진천은 이제야 화경, 혹은 입신의 경지라 불리는 자들이 얼마나 강한 존재인지는 알 수 있었다. 천외천(天外天)이라 했다. 화경의 고수들 위에는 또 다른 절대자들이 포진해 있을 것이다.

사혼단의 힘, 그리고 여러 기연으로 무공을 완성시킬 수 있었지만 진천은 경험이 부족했다.

지이잉!

진천의 검이 울렸다. 순간 흑풍과 흑운이 움직였다. 둘은 움직임은 너무나 정확했다. 마치 한사람처럼 움직이며 진천의 주요 혈을 노리고 검을 뻗어왔다.

검이 진천의 혈에 닿으려는 순간 진천이 움직였다.

팅!

흑운과 흑풍의 검이 순식간에 튕겨 나갔다. 진천의 단천검이 빠르게 움직이며 둘의 검을 거의 동시에 튕겨낸 것이다. 그야말로 극에 이른 쾌검이었다. 진천의 손에서 단천검법이 펼쳐졌다.

휘이이익!

단문세가의 가주만이 익히는 검법, 그러나 자질이 없다면 결코 익힐 수 없는 검법이 펼쳐졌다. 단문검법이 단지 쾌에 뜻을 놓고 있다면 단천검법은 그 쾌에 유연함을 더했다.

흑운과 흑풍이 사기를 일으켰다. 그 둘의 검이 휘몰아치며 진천을 압박해 갔다. 위, 아래, 그리고 양옆에서 수도 없이 몰아치는 검을 진천은 그 자리에서 선 채 검만을 움직여 방어했다.

흑운과 흑풍의 검이 검기까지 머금으며 뻗어오는 순간 진천이 검을 비틀었다.

타앙!

흑운과 흑풍의 검이 절반으로 갈라지며 튕겨 나갔다. 굉장한 힘에 의해 흑운과 흑풍의 신형이 무너졌다. 진천은 검에서는 잿빛 검강이 뿜어져 나오고 있었다.

흑운과 흑풍은 그 모습을 보며 감격한 듯 무릎을 꿇었다.

"감축드리옵니다!"

"감축드리옵니다!"

진천은 잿빛 검강을 바라보다가 서서히 혼기를 가라앉혔다. 과거의 진천이라면 상상도 할 수 없는 경지이다. 꿈에서라도 감히 못 올려다볼 그런 경지를 이루었지만 진천은 그다지 기쁘지 않았다.

"보고하라."

"존명!"

흑운이 말했다.

"제남, 그리고 산동의 주요 가문과 방파들이 진무방 쪽에 연줄을 대고 있습니다. 보름 뒤 제남의 중소 방파와 가문들이 청월루에서 화합을 가진다는 말이 있습니다."

"정확한가?"

"예. 설화가 전해준 정보입니다. 확실합니다."

진천은 고개를 끄덕였다. 그러고는 흑영대들을 바라보았다. 흑영대에게 많은 기대를 한 것은 아니지만 생각보다 강한 전력이 되었다. 섭혼술, 고독, 그리고 수라환단의 조합이 대단한 전력 상승을 불러일으킨 것이다.

조금 더 시간이 주어진다면 음지에서 움직이는 강력한 세력을 구축할 수 있을 것이다.

'이들에게 더 강한 무공이 주어진다면……'

악천산.

진무방을 먹어치운 다음엔 악천산에 가야 한다. 그곳에 간다면 강력한 무기를 얻을 수 있을 것이다. 사파 연맹주의 모든 것이 바로 거기에 있다.

"보름 뒤."

진천의 입을 떼자 모두가 진천을 바라보았다.

"청월루를 친다. 설화에게 준비하라고 일러라."

그들의 몸이 부르르 떨렸다. 드디어 자신의 가치를 증명할 기회가 온 것이다. 대업을 향해 한 걸음 내딛게 된 것이다.

"존명!"

모두가 소리쳤다. 진천은 검을 회수했다. 드디어 움직일 때가 왔다. 겨울이 지나기 전 제남은 큰 변화를 맞이할 것이다.

*　　　*　　　*

진천은 눈이 자욱하게 내리는 날 단문세가로 돌아왔다.

소복이 내려앉은 눈은 그에게 많은 상념을 불러일으켰다. 눈은 포근해 보였지만 무엇보다 차가웠다. 따듯함으로 물들 수 없는 그런 존재였다.

눈이 쌓인 단문세가의 전경은 굉장히 평화로웠다. 새끼 백호가 이리저리 뛰어다녔고, 하인들이 그런 백호의 모습에 기겁해 피해 다니며 간신히 눈을 쓸어내고 있다.

진천은 단문세가로 돌아온 후 한 발짝도 밖으로 나가지 않았다. 소미의 무공을 봐주거나 묵묵히 가문의 일을 처리했다.

이제는 단문세가의 가주라 불러도 무방하지만 당가연은 진천에게 모든 것을 떠넘기지 않았다. 오히려 소미와 믿을 만한 식솔들에게 일을 분산시켰다. 당가연이 보기에 진천은 제남에 머무를 그릇이 아니었다.

수행에서 돌아온 아들은 가히 오대세가의 자제들과도 견줄 만했다. 아니, 오히려 더 뛰어날 것이다. 모든 면에서 그들을 압도하고 있었다.

"오라버니, 집에만 계시니 답답하지 않으세요?"

연무장에서 검을 휘두르고 있던 소미가 물었다. 소미는 무공에 푹 빠져 수련에 매진하고 있었다. 아마도 황보세가의 일이 심적으로 타격이 컸던 모양이다.

그런 소미에게 진천은 아주 좋은 스승이었다. 진천은 말은 잘 하지 않았지만 가끔 내뱉는 말 하나하나가 소미에게는 깨달음으로 연결되었다.

소미는 그저 제남의 망나니로 알고 있던 그의 오라버니가 사실은 힘을 숨기고 있던 잠룡이라고 멋대로 생각하는 눈치였다.

"밖이라……."

그리고 보니 벌써 보름이 지났다. 이제 슬슬 움직일 때가 되었다.

"며칠 후에 요 앞거리에서 야시장이 열린대요. 황보 언니와 같이 가보심이 어떤가요?"

"흥미 없다."

소미의 안색이 어두워졌다. 무언가 언질을 받은 것이 있는 모양이다. 진천은 그녀를 바라보다가 말했다.

"오늘 밤에 밖에 나가지 않고 얌전히 있으면 생각해 보도록 하지."

"네?"

"몰래 나갔다 들어오는 것을 모를 줄 알았더냐? 사내라도 만나는 거라면 말리지 않겠지만."

"아, 헤헤."

진천은 쓸데없는 말을 길게 한 것 같아 스스로 말을 잘랐다. 소미를 대할 때면 이렇게 잔소리가 나가곤 했다. 희연은 알아서 모든 일을 잘했기에 그가 참견할 일이 없었지만 소미는 달랐다. 희연을 떠올리게 하면서도 어딘가 어수룩해 자신도 모르게 그런 말을 내뱉곤 했다.

'입혼의 경지에 이르렀어도 마음을 버릴 수는 없나 보군. 정도의 무공을 수행하든 역천의 무공을 수행하든 수행하는 이가 사람이기 때문이겠지.'

역귀와 같은 존재로 탄생되었다면 이런 고민은 하지 않았을지도 모른다. 앞으로 일을 행하는 데 있어 정이란 많은 약점을 만들고 틈을 만드는 그런 것이었다.

"알겠어요. 약조하신 거예요?"

"그래."

진천은 고개를 끄덕이고는 연무장 밖으로 나왔다. 해가 지고 날이 어두워져 있다. 진천은 깊은 밤이 되기까지 기다렸다. 단문세가의 불이 하나둘씩 꺼지고 벌레우는 소리만 울렸다.

진천은 흑의 무복으로 갈아입고 역용술을 펼쳤다. 곱상한 외모에서 너무나 차갑고 날카로운 인상으로 변모했다. 누가 보더라도 냉혹한 자라고 생각할 만큼 삭막해 보였다. 목소리 역시 완벽히 변해 그 누구도 진천이라고 생각할 수 없을 정도였다.

진천의 신형이 은밀하게 어둠 속으로 녹아 사라지더니 단문세가의 밖에 이르렀다.

"주군, 흑영대 삼십삼 인, 청월루 근방에 대기 중입니다."

"청월루주는 안에 있느냐?"

"예. 진무방의 주요 간부 역시 청월루에 있는 것으로 파악되었습니다."

"잘되었군."

진천이 손을 뻗자 흑운이 두 손으로 검 한 자루를 건네주었다. 진천은 단천검을 가지고 오지 않았다. 그것은 단진천만이 쓸 수 있는 검이기 때문이다. 흑운이 건넨 것은 일반적인 강철 검이지만 충분히 쓸 만했다.

검의 고수는 검을 가리지 않는다고는 하지만 진천은 아직 그 정도는 되지 않는다고 생각했다. 무당의 노고수는 갈대로 검처럼 쓴다고 하는데 얼마나 높은 경지인지 짐작도 가지 않았다.

진천이 먼저 몸을 날리자 흑운이 뒤따랐다. 어둠 속을 질주하는 속도는 굉장했다. 달에 비친 그림자가 순식간에 이동하고 있다.

늦은 밤의 청월루는 환하게 빛나고 있었다. 하지만 오가는 사람은 없었다. 오늘만큼은 청월루의 문을 닫고 중요한 손님을 받고 있었기 때문이다.

걸어 잠근 문 주위로 청월루를 지키는 잡배들이 서 있다. 진무방에 몸을 담고 있는 자들이다. 무공을 익힌 흔적이 분명 있었지만 무인이라는 느낌은 들지 않았다.

무공을 익힌다고 무인이 되는 것은 아니었다.

진천은 청월루를 향해 걸어갔다.

청월루의 입구로 걸어가자 잡배들이 진천을 막아섰다. 그들은 진천을 보더니 흠칫거렸다. 진천의 기세가 심상치 않음을 느낀 것이다. 하지만 이곳은 청월루였다. 진무방과 직접적인 연이 있는 청월루였기에 제남의 그 누구도 건드릴 수 없다는 자신감이 있었다.

잡배들이 진천을 제지하려 했지만 그들은 행동으로 옮길 수가 없었다. 뒤에서 나타난 흑운과 흑풍이 그들을 간단히 기절시키고 옆으로 치워 버렸기 때문이다.

진천은 청월루의 문 앞에서 주변을 둘러보았다. 흑영대원들이 어둠 속에서 일렁이며 하나둘씩 경계를 서고 있는 잡배들을 제압했다.

진천은 청월루의 문을 열고 안으로 들어섰다. 청월루의 일층에는 청월루에 방문한 주요 인물들의 호위 무사들이 술을 마시고 있었다.

저벅저벅!

진천이 들어서자 시끄러운 분위기가 가라앉았다. 단지 금을 켜는 소리와 위층에서 웃고 떠드는 소리만이 울려 퍼지고 있다.

"흠? 어디에서 온 객이오? 오늘은 손님을 안 받는 걸로 알고 있는데?"

다들 술에 얼큰하게 취해 있다. 호위로서의 본분을 자각하지 못하고 있는 것이다. 청월루에서 무슨 일이 일어나지 않을 것이라는 강한 확신이 있는 모양이다. 하기야 누가 진무방과 깊은 관계가 있는 청월루에서 수작을 부릴 수 있단 말인가?

진천이 한쪽 손을 들자 흑영대원들이 밖으로 나가는 모든 문을 걸어 잠갔다. 오늘 이곳에선 그 누구도 온전히 빠져나갈 수 없을 것이다.

낌새가 이상한지 호위 무사들이 술잔을 내려놓고 자리에서 일어나 진천을 바라보았다.

휘익!

어둠 속에서 무언가 일렁이더니 주위에 있던 등불을 모두 꺼버렸다.

"부, 불청객이었군!"

"감히 진무방의 안방에서⋯⋯!"

호위 무사들이 검을 빼 들고 진천을 향해 겨누었다. 그들은 진천의 강렬한 존재감에 눈이 팔려 주변에 무엇이 도사리고 있는지 알아차리지 못했다. 얼큰하게 올라오는 취기는 그들의 감각을 상당 부분 앗아갔다.

호위 무사들은 감히 단신으로 들어와 건방지게 행패를 부리는 자를 혼내줄 생각으로 머릿속이 가득 차 있었다.

"나는 산동 금진문의 호위대장이다! 영웅호걸들의 술자리를 방해하다니 소인배가 분명하구나!"

"오, 금진문의 호위대장께서 나서시는구려."

"흥, 그럼 끝났다고 봐야지."

호위대장이 호기롭게 진천의 앞에 섰다. 술잔을 내려놓고 진천에게 검을 겨누며 어깨를 으쓱거렸다. 진천은 그를 지켜보며 말했다.

"용서를 구한다면 자비를 베풀도록 하지."

쪼르르.

진천은 옆에 있는 술병을 들고 빈 술잔에 술을 따랐다.

"싸구려 술이군."

"이, 이놈이……."

자신을 무시한다고 생각한 금진문의 호위대장이 진천을 향해 검을 뻗어왔다. 검이 순식간에 뻗어와 진천의 미간에 닿으려 했다. 그 순간 진천의 몸이 움직였다.

퍼억!

"억?!"

그의 신형이 흐릿해지는가 싶더니 호위대장 앞에 모습을 드러내었다. 그와 동시에 호위대장은 삼 장이나 밀려 나가 식탁과 뒤엉켜 부딪쳤다.

진천은 그 모습을 보고 뻗은 손을 내렸다. 호위대장은 몸을 일으키려다 말고 그대로 피를 토해냈다. 혼기가 그의 몸에 침입해 내공을 붕괴하고 있는 것이다.

"치, 침투경……!"

그의 말에 주변의 모든 무사들이 움찔거렸다. 권법으로 침투경을 행하는 고수는 산동무림에서도 드물었기 때문이다.

"누, 누구시길래 이리 행패를 부리는 것이오?"

"사, 산동무림이 두렵지도 않소?"

"아니, 우리가 누구인지 알고는 있느냐!"

진천은 술잔을 들고 술을 마셨다. 이런 청월루와는 어울리지 않는 싸구려 술이었다. 이들의 처지는 이 술과 어울렸다. 산동무림은 정도를 표방했지만 진무방이라는 알 수 없는 단체에 휘둘려 그 명예를 잃어버렸다.

그렇다면 자신에게 먹혀도 상관없을 것이다.

"제압하라."

"존명!"

어둠 속에서 나타난 흑영대원들이 그들의 주변을 포위했다. 삼십삼 인의 흑영대원이 내뿜는 사기가 그들을 압도했다. 사기의 강점이 드러나고 있었다. 사기는 정도를 지향하는 무림인들에게 있어선 극독이었다.

"무, 무슨 이런 기운이……?"

호위 무사들은 각자 내공을 끌어올리며 주변을 둘러싼 흑영대원들을 향해 무공을 펼쳤다. 탁자가 부서지고 술잔이 깨져 나갔다. 그 소리에 청월루에서 흘러나오던 연주가 멈추었다.

호위 무사들의 실력은 일류라 불러도 무방했다. 각자 자신이 속한 문파, 혹은 가문에 자부심이 상당한 자들이었다. 산동무림에서 어느 정도 입을 털고 다닐 만한 실력이 있기는 했다.

하지만 철저하게 자신을 죽이며 훈련한 흑영대를 당해낼수는 없을 것이다. 흑영대는 본신 무력은 떨어졌으나 하나처럼 움직였다.

휘이이익!

흑영대가 던지는 암기가 호위 무사를 향해 쏟아져 내렸다. 암기에는 사기가 잔뜩 깃들어 있어 그들의 혈맥을 역류시켜 내상을 입게 만들었다.

"비, 비겁한!"

"사, 살수?!"

흑영대원들은 상처를 입으면서도 움직임을 멈추지 않았다. 신음 역시 내뱉지 않았다. 호위 무사들은 흑영대원들을 경험과 실력으로 압박해 나갔지만 이제는 그럴 수 없을 것이다.

시귀가 어둠 속에서 천천히 모습을 드러냈다. 시귀가 내뿜는 사기가 자욱하게 청월루의 일 층으로 퍼져 나갔다. 호위 무사들은 피를 토하며 그 자리에 주저앉아 사기에 대항하기 시작했다.

시귀의 존재야말로 그들에게 있어서 주화입마일 것이다.

진천은 싸움의 결과를 보지 않고 계단을 올랐다. 흑풍이 흑영대를 이끌고 알아서 잘 제압해 줄 것이다. 죽이는 것보다 더 쓸모가 있을 것이다. 여기 있는 모두가 그랬다.

단순히 죽이는 것만으로는 부족했다. 이번에 모습을 드러낸 이유는 그것이 아니었다.

완벽한 지배야말로 그가 원하는 것이었다.

제7장
청월루

뚜벅뚜벅!

진천은 계단을 올랐다. 계단의 끝을 막아서고 있는 청월루의 잡배들이 보인다. 절정에 이를 만한 기량을 지녔지만 진천의 눈에는 들어오지 않았다.

"멈춰라!"

"여기가 어느 안전이라고······!"

"안전?"

진천은 계단을 오르는 속도를 늦추지 않았다.

그의 몸에서 혼기가 퍼져 나가며 사방을 압박했다. 잡배들

은 진천의 기세에 침을 꿀꺽 삼키며 주춤거렸다. 그의 기도는
그들이 감당할 수준이 아니었다.

"나라님이라도 계시느냐?"

진천의 말에 잡배들이 먼저 진천을 향해 출수했다. 심후한
내력을 바탕으로 펼쳐진 권법이다. 사파의 것으로 보였으나
그다지 신경 쓸 만한 것은 아니었다.

진천은 뻗어오는 주먹을 손으로 낚아채 비틀었다. 그리고
정면에 있는 놈의 목을 잡았다.

"으, 으윽!"

"억!"

주먹을 잡은 손에 힘을 주자 잡배가 고꾸라졌다. 진천은 잡
배 한 놈을 들고는 이 층으로 올라갔다. 넓은 공간에 많은 기
녀가 모여 있었고 제남, 그리고 중소 방파, 중소 가문의 인물
들이 보였다.

청월루주와 진무방의 간부 역시 자리하고 있었다. 성대하
게 차려진 음식과 값비싼 명주가 사방에 깔려 있는 모습은 나
라님의 수라상이 부럽지 않을 정도였다.

진천이 등장하자 모두 그를 바라보았다. 진천은 손에 든 잡
배를 앞으로 던졌다. 식탁 위에 떨어져 내리며 음식이 사방으
로 날렸다.

"꺄악!!"

"꺅!"

기녀들이 비명을 질렀다. 진천이 앞으로 몇 걸음 나가자 흑운이 옆에 있는 의자를 진천의 뒤에 놓았다. 진천은 의자에 앉아 그들을 둘러보았다. 그들의 얼굴이 딱딱하게 굳어 있다.

"누구길래 이런 행태를 보이는 것인가!"

"가, 감히……!"

청월루주의 일그러진 얼굴이 보였다. 중심에 위치한 청월루주는 아름다운 여인이었다. 진한 화장이 표독스러운 표정과 잘 어울렸다. 그녀에게서 느껴지는 기세는 대단했다. 절정 고수가 여럿 덤빈다고 하더라도 당해낼 수 없어 보였다. 그것은 진무방의 간부들 역시 마찬가지였다.

루주의 옆에서 설화가 시중을 들고 있다. 그녀는 시녀가 비명을 지를 때도, 지금처럼 겁에 질려 몸을 부들부들 떨고 있을 때도 눈 하나 깜짝하지 않았다.

청월루주와 진무방의 무사들이 살기를 내뿜자 주변에 있던 중소 방파와 가문의 사람들이 안심하는 표정을 지었다.

진천의 분위기와 기세가 심상치 않아 절로 위축되었지만 아무리 이름난 고수라도 이 많은 고수를 꺾을 수는 없다고 생각한 것이다.

"사파의 잡졸들이 그럴듯하게 사는군."

사파 연맹이 사라진 후 이들은 스스로 길을 찾은 것이다.

마교의 지원을 받고 있다고 생각하겠지만 마교는 그리 만만한 곳이 아니었다. 사파 연맹주가 살아 있을 때는 그 위세를 떨쳤지만 그가 사라진 이상 사파들은 예전처럼 잡배들에 불과했다. 그저 이익에 따라 움직이는 자들이었다.

"뭐라? 버르장머리 없는 놈이 죽고 싶어 환장했구나!"

"죽을 수 있다면 여기까지 오지도 않았다."

"근본도 없는 잡놈이……!"

청월루주가 몸을 부르르 떨며 진천을 향해 말했다. 진천은 그 말에 피식 웃었다.

"근본이라……. 어차피 힘의 논리에 지배받는 곳 아닌가? 그렇기에 너희 같은 놈들이 이곳을 좀먹고 있는 것이지."

"입만 살았구나! 감히……!"

"루주께서는 앉아 계십시오. 제가 정리하겠습니다."

청월루주가 나설 필요도 없다는 듯 진무방의 무인 하나가 걸어 나왔다. 그가 음식이 어지럽게 널려 있는 큰 식탁을 손으로 치자 식탁이 크게 옆으로 튕겨 나갔다.

"진무방의 산동검자께서 나서면 문제없지."

"절정의 검술을 견식할 수 있겠군."

청월루주는 비릿한 미소를 지으며 진천을 바라보았다. 산동검자가 진천을 내려다보며 손을 까딱였다. 흑운이 인상을 구기며 나서려 했지만 진천이 손을 들어 제지했다.

"주군, 저에게 맡기심이……"

"산동의 검을 직접 견식해 보고 싶군."

흑운은 진천의 말에 고개를 숙이고 물러났다. 1층에서 아무런 소리도 들리지 않는 것을 보면 호위 무사들을 모두 제압한 모양이다. 그들은 술에 취해 있었고 방심한 상태였다. 사기를 내뿜는 시귀와 흑풍대를 당해낼 수 없었다. 게다가 그들을 절정 고수인 흑풍이 이끌고 있었다. 제남의 일개 세력이라고 보기엔 힘든 수준이다.

그런 세력을 단번에 만든 진천은 흑운의 눈에 그야말로 신으로 보였다.

'주군의 무서운 점은 이것이 시작에 불과하다는 것이다.'

자신과 처음 만났을 때는 그저 일류 무사였다. 흑풍을 수하로 만들었을 때는 절정 고수였고 지금은 검강을 구사하는 절대 고수가 되어 있다. 제남을 장악하고 충분한 시간이 주어진다면?

'무신의 재림, 아니, 주군이야말로 사신이시다.'

흑운은 홀로 전율했지만 애써 그 감정을 감추었다. 진천이 자리에서 일어났기 때문이다. 진천은 바로 옆에 있는 식탁에서 비싼 술병을 집어 들었다. 그리고 비어 있는 술잔에 따르고 산동검자를 바라보았다.

산동검자는 순식간에 검을 뽑아 들고 진천을 노려보았다.

그는 기세를 일으키며 진천을 압박하려 했다. 산동검자는 풍부한 내공을 지닌 절정 고수였다. 사파의 특성상 절정에 이르기 힘들다는 단점이 있었지만 그것을 극복한 그는 산동에서 손꼽히는 검객 중 하나였다.

진천이 검을 뽑지 않고 그를 바라보자 그가 인상을 구기며 내기를 검에 흘렸다. 본래 처음에는 상대를 해하지 않는 초식으로 시작하는 것이 대련의 예의였지만 이것은 대련이 아니었다.

"오너라."

"건방진……!"

산동검자가 보법을 밟으며 달려들었다.

산동검자의 검법은 쾌검이었다. 섬광이 번쩍하더니 검기를 머금은 검이 진천의 사혈에 도달해 있다. 그 순간 진천의 손이 움직였다. 단천검법을 역천의 뜻으로 해석한 수라검법이 펼쳐진 것이다.

티잉!

산동검자의 검이 튕겨 나감과 동시에 산동검자의 의복이 터져 나갔다. 산동검자는 눈을 부릅뜨며 충격에 비틀거렸다. 산동검자의 손아귀가 터져 나가며 피가 흘러나오고 있다.

"무서운… 쾌검이군."

진천은 검을 내렸다. 산동검자는 자신이 어떻게 당했는지도 보지 못했다. 진천의 검이 산동검자의 검을 튕겨내고 연이어 그의 주요 혈맥을 찌른 것이다. 상처는 없었으나 그의 내부는 이미 진탕되어 있었다.

산동검자가 비틀거리며 물러났다. 물러나자마자 울컥 피를 토하며 주저앉았다.

진천이 술잔을 집어 들어 술을 들이켰다. 비싼 술은 역시 맛있었다. 그리고 다시 술을 따랐다.

"다음."

산동무림의 고수인 산동검자가 순식간에 당해 버리자 모두 서로의 눈치를 보기 바빴다. 이곳에 모인 이들 중에는 무공에 일가견이 있는 자들이 많았지만 산동검자를 저렇게 쉽게 이길 수 있는 자는 없었다.

청월루주가 인상을 구기며 자리에서 일어났다.

"어린놈이 어디서 한 가닥 배운 모양이구나."

청월루주가 자리를 박차고 날아올라 허공을 가르며 진천의 앞에 도달해 진천을 노려보았다. 방금 전의 몸놀림은 절정의 경지를 넘어서 있었다.

진천은 청월루주를 보며 만족한 듯 웃었다. 듣던 대로 청월루주는 고수였다. 아마 무림백대 고수에 이름을 올릴 수도 있을 것 같았다.

청월루주가 손을 펼쳤다. 손가락에서 강기가 치솟고 있었다. 청월루주의 주력 무공은 조법인 듯했다. 진천은 조용히 검을 넣고 검집째 옆으로 내밀었다. 그러자 흑운이 두 손으로 받아 들고 뒤로 물러났다.

"흠, 검을 쓰지 않을 것이냐?"

"굳이 쓸 필요 없을 것 같아서 말이지."

"감히 본녀 앞에서 그런 망발을 내뱉다니……!"

청월루주에게서 중후한 내공이 뿜어져 나왔다. 탁한 내공으로 무척이나 사이한 내공심법을 익힌 것 같았다. 사파 연맹에서 한자리를 차지하던 자다운 모습이다.

진천은 그런 기세에 맞춰 혼기를 끌어올렸다. 진천의 영역을 침입해 오던 탁기가 혼기에 의해 먹혀들어 갔다. 탁기는 결코 혼기를 이겨낼 수 없었다.

탁함의 모든 근본은 사기로 통했고, 사기는 혼기에 의해 지배를 받았다.

청월루주는 진천의 기세에 눈을 크게 떴다. 진천의 모습은 잿빛 기류에 파묻혀 있었다. 그 모습은 전율이 일 정도로 공포스러웠다. 들어보지도 못한 무공이다. 마교의 교주가 펼친다는 천마신공도 저런 사악함은 느껴지지 않을 것이다.

"네, 네놈은 누구냐?"

"암영."

진천의 목소리가 울려 퍼졌다. 주위에 있던 자들이 침을 꿀

껵 삼켰다.

청월루주는 인상을 구기며 전신 내공을 일으켰다. 저 머리에 피도 안 마른 애송이에게 기세가 눌렸다고 인정하고 싶지 않아서였다.

이미 존재감에서는 청월루주가 밀리고 있었다. 장내의 모두가 진천에게 압도당하고 있는 것이다.

청월루주가 보법을 밟으며 먼저 출수했다. 그녀의 장기인 사혈조법(邪血爪法)이 펼쳐진 것이다. 강기를 두른 손가락은 두꺼운 바위라도 두부처럼 갈라 버리는 무서운 예기를 지니고 있었다.

사혈조법의 초식이 전개되었다. 상대의 몸을 빠른 속도로 난자해 피를 뿌리는 혈산조(血散爪)라는 초식이다.

청월루주의 손이 빠른 속도로 움직이며 진천의 시야를 장악했다. 진천은 막강한 청월루주의 초식 전개에 맞추어 수라신권을 전개했다.

진천의 주먹에서 잿빛 권강이 뿜어져 나옴과 동시에 청월루주의 손을 후려쳤다.

콰아앙!

강기가 충돌하며 주변에 충격파를 만들며 식탁을 밀어냈다. 진천의 주먹과 청월루주의 손이 맞부딪쳤다. 청월루주는 내력 싸움을 하려 했지만 흠칫 몸을 떨었다. 진천의 끝을 알 수 없는 무언가를 느꼈기 때문이다.

'무, 무슨 이런 기운이……!'

청월루주가 보법을 밟으며 뒤로 물러났다. 그 순간 진천의 신형이 흔들리며 마치 그림자처럼 일렁이더니 순식간에 사라졌다. 잿빛 기류를 두르며 청월루주의 앞에 솟아나듯 나타났다.

진천이 나타나자 막대한 기운이 주변에 뿌려졌다. 유형화된 혼기가 주변을 박살 낸 것이다.

청월루주의 눈이 크게 떠졌다.

진천이 사라지며 나타나는 모습은 가히 이형환위라 부를 만했다.

청월루주는 자신의 호신강기가 파훼되어 있음을 느꼈다. 진천이 청월루주의 앞에 나타났을 때 뿜어진 강기의 폭발이 청월루주의 호신강기를 날려 버린 것이다.

'무, 무슨 이런 보법이……!'

진천의 보법은 청월루주의 이해를 벗어난 것이었다.

주도권이 진천에게 넘어갔다. 진천의 공세는 지금부터였다. 진천이 수라신권을 펼쳤다.

휘이이익!

진천의 주먹이 빠른 속도로 청월루주의 가슴을 노리며 뻗어갔다. 청월루주가 가슴을 뒤로 젖히며 피해냈다.

지지직!

청월루주의 옷이 찢어졌다. 권강이 뿜어져 나가며 청월루의 벽에 부딪쳤다. 벽에 커다란 구멍이 뚫렸다.

수라신권의 파공권(破空拳)이란 초식이다. 이미 그 위력은 소림의 백보신권을 넘어서고 있었다.

청월루주는 빠르게 몸을 일으키며 진천에게 손을 휘둘렀다. 근거리에서 발휘되는 조법의 위력은 입신의 고수라 불릴 만했다.

진천의 팔에 긴 상처가 나며 피가 튀었다. 청월루주는 그것을 보며 회심의 미소를 지었다. 혈산조의 무서운 점은 청월루주의 내공에 있었다. 여인에게 탁기를 심어 음기와 함께 섭취한 것이다.

청월루주의 내공은 남성에게는 그야말로 극독이었다. 화타가 살아와도 해독할 수 없을 거라고 그녀는 자신하고 있었다. 이제 곧 피를 토하며 무릎을 꿇을 것이다. 청월루주는 고통에 일그러진 진천의 얼굴을 기대했다. 하지만 돌아온 것은 그의 주먹이었다.

콰앙!!

"커억!"

진천이 독에 걸렸을 것이라 방심한 사이 진천의 주먹을 허용하고 만 것이다. 진천의 권강이 청월루주의 어깨를 부숴 버렸다.

청월루주가 붕 떠서 바닥에 처박혔다. 청월루주는 어깨를 부여잡으며 간신히 몸을 일으켰다.

"어, 어떻게⋯⋯?"

"뭐가 말이지?"

진천은 아무렇지도 않아 보였다. 청월루주는 도저히 믿을 수가 없었다.

안타깝지만 진천에게 탁기의 침입은 별것이 아니었다. 그 어떤 탁함도 혼기를 벗어날 수 없었다. 오히려 청월루주가 피를 토하며 비틀거렸다.

청월루주는 내공으로 침입해 오는 기운에 대항하려 했지만 오히려 그 기운이 내공을 먹어치우고 있었다.

"이럴 수가! 이, 이런 기운이⋯⋯! 네 이놈!! 가, 감히 나를⋯⋯!"

청월루주는 몸을 부들부들 떨며 진천을 노려보았다.

청월루주는 비틀거리며 피를 토하면서도 진천을 노려보았다. 그리고 주변에 있던 진무방의 무사들에게 시선을 두었다. 그들이 청월루주의 옆으로 날아오며 진천을 향해 검을 뽑아 들었다.

"치졸하군."

입신의 경지에 올랐다고 자부한 청월루주가 합공을 하려는 모양이다. 진천과 청월루주의 경지는 거의 비슷했다. 진천도 역시 청월루주의 공격에 상처를 입었다. 청월루주가 방심하지 않았다면 힘들게 이어졌을 싸움이다.

'경험의 부재가 크군.'

청월루주는 노련한 자였다. 혼기가 갖는 특수성이 없었다면 진천은 패배했을 것이다.

청월루주는 내상으로 안색이 파랗게 변했지만 무공을 전개할 수는 있어 보였다. 합공한다면 진천이 크게 밀릴 것이 자명했다.

하지만 진천은 걱정하지 않았다.

"곧 진무방의 무사들이 들이닥칠 것이다! 이미 사람을 보내놓았다! 어리석은 놈! 제아무리 무공이 뛰어나다고 해도 이 청월루가 그리 쉽게 넘어갈 줄 알았더냐!"

청월루주가 힘겹게 미소를 그렸다. 진천이 천천히 입을 떼었다.

"진무방의 무인들은 오지 못할 것이다."

"뭐, 뭐라?"

"네가 보낸 수하가 저놈이냐?"

진천이 손가락을 가리키자 멍한 표정의 남자가 걸어 나와 진천의 앞에 무릎을 꿇었다. 고독에 의해 이지가 제압된 것이다.

"무, 무슨… 어, 어떻게……?"

"그 누구도 여기를 벗어날 수 없다."

진천이 손을 들자 주변에 있는 자들이 목을 감싸 쥐며 바닥에 쓰러졌다.

"커, 커억!"

"수, 숨이……!"

"으, 으악! 손이 마음대로……!"

그야말로 아비규환이었다.

엄청난 고통에 모두 비명을 지르며 몸을 떨었다. 청월루주는 도저히 이 상황이 이해가 가지 않는 모양이다.

청월루주를 포함한 소수만이 멀쩡한 상태로 진천을 바라보고 있다. 어느새 자리에서 일어나 있는 설화도 포함되어 있다. 설화가 우아한 몸짓으로 진천의 옆으로 왔다.

"서, 설화 네년이 설마… 독을……!"

"그냥 독이 아니옵니다, 나리."

"그게 무슨 말이냐?"

"고독이라 하옵니다. 주군께서 베풀어주신 것이지요."

청월루주가 크게 놀라며 진천을 바라보았다.

"고, 고독? 전설에나 나오는 그 고독?"

"그렇사옵니다."

"웃기지 마라! 나는 어떤 침입도 감지하지 못했다! 설령 고독이 실존한다 하더라도 내 몸에 침입할 수는 없다!"

입신의 경지에 이른 고수는 자신의 내부를 완벽히 관조할 줄 알았다. 그렇기에 청월루주가 그런 말을 내뱉는 것이다. 진천은 고개를 끄덕였다.

"그렇겠지. 네놈에게는 아무 짓도 하지 않았다."

"뭐, 뭐라?"

"죽을 자에게 불필요한 수작이니 말이야."

진천의 말에 청월루주의 얼굴이 부들부들 떨렸다.

"네, 네 이놈!"

인정할 수 없다는 듯 진천을 노려보다가 온몸의 모든 내기를 끌어모았다. 선천지기까지 끌어모으더니 진천에게 달려들었다.

동귀어진의 수법이다. 절대로 질 수 없다는 그녀의 자존심이 그를 움직인 것이다. 막대한 내력이 몰아쳤다.

진천은 혼기를 전력으로 일으켰다. 막대한 내공이 개방되며 청월루주의 내력에 대항하기 시작했다. 진천은 이제 막 절정을 벗어나 입신의 경지에 다다른 상태였고, 청월루주는 완숙한 경지에 이르러 있었다.

청월루주의 두 손이 진천을 향해 뻗어왔다. 진천은 수라신권을 펼치며 대응했다. 진천의 주먹과 청월루주의 손이 부딪쳤다. 본격적인 내력 싸움이 시작된 것이다.

쾅!!

주변에 충격파가 휘날리며 식탁이 모조리 날아갔다. 진천과 청월루주가 내뿜는 기운으로 주변이 얼룩지기 시작했다. 청월루주가 선천지기를 아끼지 않으며 모든 기운을 내뿜었기에 진천을 압도하는 듯 보였지만 실상은 그렇지 않았다.

청월루주의 눈이 점점 크게 떠지는가 싶더니 경악 어린 표정으로 변했다. 내력이 밀리는 것은 아니었다. 밀릴 수가 없었다. 그토록 많은 여인의 음기를 취한 청월루주였다. 극독과 마찬가지인 그녀의 내력은 사천당가와 겨루어도 손색이 없을 것이다.

"이, 이이익!"

"꽤나 처먹은 것이 많군."

"으아아아아!"

진천과 청월루주의 눈이 마주쳤다.

진천은 청월루주가 내력 싸움을 유도해서는 안 된다고 생각했다. 순수하게 무공의 파괴력으로 자신을 짓눌렀다면 진천도 큰 피해를 입었을 것이다. 청월루주가 모아온 막대한 내공에서 뿜어져 나오는 강기는 가히 엄청날 것이다.

진천은 수라역천심법을 운용했다. 사혼단이 천천히 고개를 들기 시작했다. 사기가 혼기에 섞여 나오더니 천천히 그 존재감을 드러내기 시작했다.

검은 기류가 주변으로 치솟았다. 탁기를 감지하자 사혼단이 고개를 들어 청월루주를 바라본 것이다.

청월루주는 갑자기 들이닥치는 사기에 혼이 빠졌다.

"허, 허억! 이, 이 기운은……!"

그것은 인간이 지닐 수 있는 것이 아니었다. 그야말로 죽음 그 자체였다. 청월루주가 흔들렸다. 진천의 사기가 그녀의 기운을 모조리 집어삼키기 시작했다. 청월루주의 내력이 진천의 단전으로 빨려 들어오고 있다.

그 막대한 내력이 사기를 통해 혼기로 변하며 진천의 단전에 차곡차곡 쌓였다. 입사의 경지를 이룬 진천의 단전은 청월루주의 내력을 모조리 먹어치울 수 있을 정도로 방대해져 있었다.

"커억!"

청월루주가 피를 토하며 뒤로 튕겨 나갔다. 선천지기와 내공을 모두 잃은 청월루주의 모습은 너무나 초라했다. 머리카락은 백발로 변했고 피부가 쭈글쭈글해져 있다.

청월루주는 바닥을 기며 피를 뱉어냈다. 온몸이 부들부들 떨리고 있고, 그녀의 시야에는 오로지 진천만이 담겨 있을 뿐이다.

뚜벅뚜벅!

진천이 청월루주에게 걸어갔다. 진천도 무복의 뜯겨져 있고 피가 흘러나오고 있었지만 모든 구멍에서 피를 쏟아내고 있는 청월루주에 비할 바는 아니었다.

장내의 모두가 경악하며 떨리는 눈으로 진천을 바라보았다.

"누, 누구냐! 누구길래 이런 기운을……! 이, 인간이 아니야! 인간일 리가 없다!"

진천은 청월루주의 앞에서 그를 내려다보았다. 청월루주는 멍한 표정으로 그를 바라보며 자신이 완벽하게 졌음을 인정해야 했다. 더 이상 재기가 불가능할 정도로 몸이 엉망이 되었다. 내공이 모두 사라졌고, 선천지기까지 없어져 무공은커녕 목숨을 건사하기도 힘든 상태이다.

청월루주는 허탈해졌다. 그렇게 많은 탁기를 모았음에도 대항조차 하지 못했다.

눈앞의 사내가 품은 죽음의 기운에 말이다.

"사신이야. 사신이었어. 어서 죽이시오."

진천은 고개를 저었다. 청월루주를 죽이는 것은 쉬운 일이다. 하지만 그것은 너무 가벼운 처사였다. 그가 해온 일에 비하면 말이다.

진천은 그의 목을 붙잡았다. 그리고 사법을 운용했다. 사혼단에서 뻗어나간 사기가 청월루주의 몸을 장악하기 시작했다. 모든 것을 다 잃었기에 청월루주는 대항조차 할 수 없었다. 사기가 혼백을 잠식하기 시작하자 청월루주는 비명을 질

러댔다.

"끄아아아악!"

청월루주가 내뱉은 비명이 청월루에 울려 퍼졌다. 장내에 있는 모두가 그 모습을 보며 덜덜 떨었다. 그 악의 화신이라 생각해도 무방하지 않을 청월루주를 저렇게 고통스럽게 만들고 있는 것이다. 청월루주가 악의 화신이라면 진천은 그야말로 사신이었다.

청월루주의 몸이 축 처졌다. 진천에게 완벽히 제압당해 반항해야 한다는 생각조차 할 수 없었다. 청월루주가 몸을 일으켜 진천의 앞에 무릎을 꿇었다.

진천은 장내의 모두를 둘러보았다.

중소 방파의 주요 인물, 중소 가문의 소가주들, 그리고 진무방에 연줄을 대기 위해 온 상단주들은 감히 진천을 바라보지도 못하고 있었다.

산동무림에서 고수를 논한다면 절대 빼놓고 말할 수 없는 자가 바로 청월루주다. 청사혈조라는 별호로 불리는 무시무시한 자였다. 그런 자가 자진해서 무릎을 꿇은 것이다.

"다음은 누구냐?"

진천이 물었다.

장내의 모든 이들이 눈치를 보며 나서지 않았다. 아니, 나설수가 없었다. 입이라도 뻥긋하면 죽는다는 것을 그들은 너무 잘 알고 있었다. 게다가 머리를 조여 오는 고통조차 감당하기 힘들었다. 주요 인물들은 모두 설화에 의해 고독이 심어져 있다.

좁쌀만 하던 고독이 그들의 머릿속에서 자라 그들을 완전히 장악하고 있었다. 자신도 모르는 사이에 말이다. 그것이 고독의 가장 무서운 점이고 진정한 위력이었다.

괜히 마교에서 고독을 얻기 위해 막대한 금자를 들여 연구하는 것이 아니었다. 하나 사기를 다루지 못한다면 제대로 된 고독을 결코 만들 수 없었다.

"너희 중 누구도 벗어날 수 없다."

그것은 사실이었다. 고독에 감염된 이상 결코 진천을 거역할 수 없었다. 거역하는 마음조차 품을 수 없었다.

"거역할 텐가?"

서로 눈치를 보다가 결국 그 자리에서 무릎을 꿇었다. 진무방에 줄을 대려 하던 자들이 모두 진천에게 복종을 강요당한 것이다. 목숨을 버리면서까지 반항할 수 있는 자는 이 자리에 없었다.

그랬다면 산동무림의 중추로서 명예를 버리고 진무방에게 붙으려 하지 않았을 것이다. 단지 더 큰 명예와 재물을 추구하던 탐욕의 말로였다.

진천은 천천히 걸어가 청월루주가 있던 자리에 앉았다. 청월루주가 앉아 있던 의자는 장인의 손길이 들어간 고급 의자였다.

이로써 첫 단추가 채워졌다. 청월루주는 온전히 진천의 것이 되었다. 게다가 제남에서 영향력을 행사하는 주요 인물들까지 잡아들였으니 앞으로의 일은 더욱 쉬워질 것이다.

"설화."

"예, 주군."

"이 늙은이는 네가 관리해라."

설화는 감격하며 진천을 바라보았다. 죽이고 싶은 원수가 자신의 하인이 되었다. 그 쾌감은 이루 말할 수가 없었다. 설화의 독하게 변하는 눈초리를 느끼면서도 청월루주는 단 한마디도 할 수 없었다. 그것이 그의 운명이었다.

"흑운."

"부르셨습니까, 주군?"

"저들에게 해야 할 것들을 알려주어라."

"존명!"

일은 계획대로 진행될 것이다. 스스로 제남의 패왕이라 생각하던 그들은 진천의 그런 계획을 짐작하지도 못할 것이 분명했다.

'이제부터 시작이군.'

긴 복수의 대장정이 이제 시작되고 있었다.

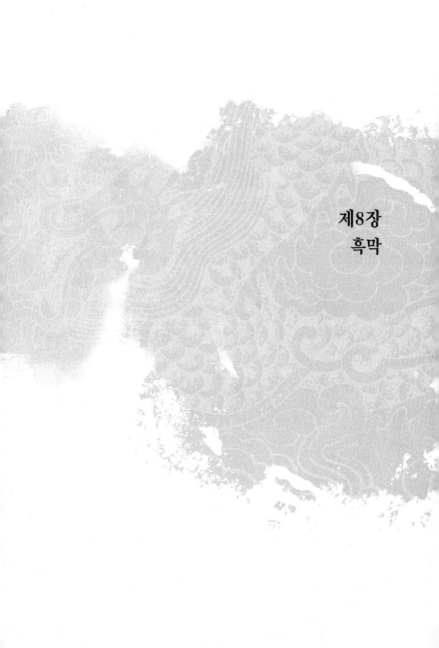

제8장
흑막

진무방은 제남에서 떠오르는 신흥 문파로 알려져 있었다. 물론 과거 사파 연맹 휘하에 있을 때는 음지에서 활약하였지만 지금은 정도의 문파로서 거듭나고 있었다.

그렇기에 제남의 터줏대감으로 산동무림에 참여해 오던 많은 가문과 문파의 도움이 필요했다.

진무방이 정도 문파로서 거듭나려면 그들의 동의는 필수였다. 무림맹에 가입하는 것은 그다음 일이었다.

진무방은 마교에 막대한 돈을 자금을 대주고 상권의 일부까지 넘겨주고 있었지만 정파로서 무림맹에 가입하길 원했다.

어엿한 문파가 되어 무림맹의 비호를 받는다면 마교의 품에서 벗어날 수 있기 때문이다.

지금 대세는 마교가 아니었다. 절대지존이라 일컬어지는 무림맹주가 있는 무림맹이었다. 이제 마교에게서 발을 빼어 백도 무림의 문파로서 거듭날 시기였다. 이 겨울이 지난다면 그렇게 될 계획이다.

진무방이 양지로 나가게 되고 청월루는 여전히 진무방의 뒤를 이어 음지를 장악한다.

그것이 진무방의 방주 진무전과 청월루주 악미진과의 계약이었다.

진무전은 책상을 주먹으로 내려쳤다. 막강한 내력이 흘러나오며 책상이 산산조각 났다.

"악미진이 어째서, 무슨 연유로 등을 돌렸단 말이냐!"

"그, 그게… 알아보는 중입니다."

"붙여놓은 무사들은? 진무쌍권(眞武雙拳), 그들은 어찌 되었느냐!"

진무전은 악미진을 신뢰하기는 했지만 그에게 사람을 붙여놓았다. 악미진의 수발과 잡일을 도맡아 해주는 진무방의 정예무사였다. 그들은 결코 진무전을 배반할 일이 없었다. 사파연맹 밑에서 온갖 산전수전을 같이 다 겪었기에 그들의 충성심은 잘 알고 있었다.

"그들도 같이⋯⋯."

"뭐랏!!"

진무전이 벌떡 일어나 보고하는 진무방의 무인을 바라보았다. 청월루와의 연락이 끊긴 지가 벌써 보름째였다. 산동무림의 정파로서 거듭나기 위해 쓴 자금이 어마어마했다. 청월루에서 벌어들이는 돈이 없었다면 감당하지 못했다.

"여, 여전히 청월루에서 업무를 보고 있다고 합니다."

"그게 말이 되느냐! 그들이 배신했다고? 그걸 왜 이제야 보고하느냐!"

"가는 족족 소식이 끊겨서⋯⋯."

진무전은 의자에 털썩 주저앉았다. 시기가 너무나 안 좋았다. 딱 자금이 빠져나갈 시기에, 그리고 한 걸음 더 도약해야 하는 시기에 주춤하게 된 것이다. 진무방과 연을 잇기 위해 줄을 댄 자들도 서로 눈치를 보며 발을 빼고 있었다.

"제갈세가에게 연락해라."

"예?"

"제갈남진 그놈은 나에게 빚이 있으니 분명 힘을 보태줄 것이다."

"아, 알겠습니다."

진무방의 무인이 빠르게 사라졌다. 진무전은 얼굴을 구기며 청월루가 있는 쪽을 바라보았다.

'너무 이상하다, 너무 이상해.'

일이 갑자기 이상하게 돌아가고 있었다. 그가 이해하지 못할 정도로 말이다. 직접 청월루에 가는 것은 모양새가 좋지 않아 부하들을 보냈지만 직접 청월루주 악미진을 만나 봐야겠다고 생각했다.

어째서 막대한 이득을 눈앞에 두고 스스로 물러났는지 정말이지 궁금했다.

악미진은 계산이 무척이나 빠르고 사악한 여자였기에 앞으로 얻게 될 이득을 결코 놓을 리 없었다. 진무방이 제남에서 제일 큰 세력으로 성장해서 뒤를 봐준다면 그것만큼 편하게 돈을 벌 수단은 없을 것이다.

"도대체 뭐냐! 뭐가 잘못된 거냐!"

진무전은 지끈거리는 머리를 잡을 수밖에 없었다. 하지만 그의 의문은 끝없이 이어질 뿐이다.

*　　　*　　　*

청월루에서 있던 일은 그 어디에도 새어 나가지 않았다. 그도 그럴 것이, 그곳에 있던 청월루주와 주요 인사들이 진천의 손아귀에 있었다. 겨울이 올 때까지 만들어놓은 고독이 다 떨어져 호위 무사들까지 장악할 수는 없었지만 그들은 사혼굴에 가두어놓고 하나둘씩 혼백을 제압했다.

입사의 경지에 이르러 섭혼술은 조금 더 폭이 넓어졌다. 무공을 익힌 자들도 제압할 가능성이 크게 올랐다.

사법은 끊임없이 실험해야 성과를 얻을 수 있었다. 그 스스로가 발전하여 진화하는 것이다.

시간만 충분하다면 확실히 혼백을 제압하는 방법 역시 알아냈다. 사기에 지속적으로 노출시켜 혼백을 타락시키고 진천을 받아들일 수 있게 만드는 것이다.

진천은 물밑 작업을 시작했다.

청월루에서 나오는 막대한 금액을 본격적으로 운용하기 시작한 것이다. 처음으로 진천이 장악한 인사들에게 지원을 하였다. 그들이 자신이 속한 곳에서, 혹은 제남에서 중추적인 역할을 할 수 있도록 지원을 아끼지 않았다. 필요하다면 흑영대까지 움직였다.

그들은 배신할 생각조차 하지 못했고, 오히려 그런 진천에게 마음을 열고 완전히 사기를 받아들였다.

그다음에는 그들이 가지고 있던 상권을 야금야금 먹어치웠다. 중소 상인들이 대부분이었지만 진천의 지원을 받자 금세 주력 상권에 손을 댈 수 있을 정도로 규모가 커져갔다. 그들의 발언권이 커져 갈수록 진무방은 점차 말라가고 있었다.

청월루주가 어느 날 갑자기 진무방을 등진 것은 제남이 다

아는 사실이 되었다. 진무방에서 사람을 보내 알아내려 했지만 사람을 보내는 족족 연락이 끊겼다.

청월루주의 배신이라고밖에 생각할 수 없는 상황이었다.

청월루주는 청월루를 세울 당시 진무방의 막대한 지원을 받았고, 수익의 일정 이상을 떼어주었는데 이제는 입을 싹 닫고 독식하고 있는 것이다. 문파를 추구하는 진무방은 표면상으로는 청월루에 대해 입장 표명을 하지 않았지만 음지에서는 아주 활달하게 움직이고 있었다.

그들은 애가 탈 것이다. 그들에게 접근해 오던 제남의 세력들이 하나둘 이탈해 가고 있으니 말이다. 게다가 자금난까지 겹쳐 진무방은 여러모로 압박을 받고 있었다.

하지만 제갈세가를 도움으로 재정비를 하고 있는 상황이다. 진무방이 제갈세가의 약점을 쥐고 있어 가능한 일이었다. 제갈남진이 황보미윤을 덮칠 때 지원을 해준 것이 바로 진무방이었기 때문이다.

'좋군.'

진천은 사혼굴의 입구에 서서 눈밭을 노니는 흑호를 바라보았다. 사기를 지닌 자들에게는 손을 대지 않기에 흑영대나 다른 자들이 다칠 위험은 없었다.

"주군, 나오셨습니까."

흑운이 진천 앞에 나타나 부복했다.

"흑영대는?"

"받아들인 무인 중에서 열 명을 더해 사십삼 인이 되었습니다. 명하신 대로 악미진에게서 절기를 전수받고 있습니다."

"좋군."

악미진은 자신이 아는 모든 것을 전해주었다. 그녀는 이미 의지를 상실한 초라한 늙은이에 불과했다. 사기로 내공을 충당하고 있지만 진천이 거두어 버린다면 그날로 목숨이 끝난다.

"진무방은?"

"명하신 대로 진무방 쪽으로 정보를 흘렸습니다."

"진무방주는 애간장이 타겠군."

"조만간 무대가 마련될 것 같습니다."

진천은 고개를 끄덕였다.

흑영대는 점차 커갔고, 진천의 세력은 급격히 불어나고 있었다. 무서운 점은 그것을 누구도 모른다는 것이다.

진천은 진정한 흑막이 되고자 했다. 무림을 자체를 멸망시킬 그런 존재가 되어가고 있는 것이다.

'이게 권력이라는 건가?'

제남, 그리고 산동무림에 진천의 눈과 귀가 퍼져 있다.

진천은 모든 것을 위에서 내려다볼 수 있었는데 진무방을 정면으로 상대하기에는 아직 부담이 있었다. 그들은 산전수전을 다 겪은 정예이다. 진무방의 무사에게 빼낸 정보에 의하면 제남에서 제일 강한 무력을 지니고 있었다.

'봄이 오기 전까지는 없애야 한다.'

천천히 말려 죽이는 것도 괜찮으나 마교에서, 또는 다른 곳에서 낌새를 눈치채고 접근해 오기 전에 끝내는 것이 좋았다. 그러기 위해서는 예비해 놓은 한 수가 필요했다.

흑풍이 진천의 앞에서 솟아났다.

"제갈남진을 포착했습니다. 진무방과 접촉 후 풍원객잔에 머물고 있습니다. 오늘 밤 큰 규모의 야시장이 열리는 터라 머무는 것으로 추정하고 있습니다."

야시장이 열린다는 소리를 들으니 생각나는 약조가 있다. 흑풍도 그것을 알고 있다.

"주군, 단문세가에 황보미윤이 도착해 있습니다. 아마도 소미 아가씨가 부른 것 같습니다. 야시장 때문이 아닐지……."

"그런가?"

"단문세가에 방문한 지 꽤 오래되었으니 얼굴을 비추시는 것이 좋을 것 같습니다."

흑풍이 그렇게 말하자 진천은 고개를 끄덕였다.

청월루를 장악한 후 진천은 다음을 대비하기 위해 사혼굴에 있었다. 고독을 대량 생산할 수 있다면 좀 더 쉬워지겠지만 청월루를 장악하고 나니 남아 있는 고독이 없었다.

겨울이라 고독의 생산에 차질이 생기고 있었다. 역천의 술법인 사법으로 탄생시키지만 고독은 아직까지 자연의 영향을 받는 듯했다.

"제갈남진이라……. 마침 잘되었군."

진천은 미소를 지으며 말했다. 날이 어둑해질 때쯤 진천은 단문세가로 돌아왔다. 단문세가 안으로 들어서자 잔뜩 꾸민 소미와 황보미윤을 발견할 수 있었다. 당가연도 흐뭇한 눈으로 그 둘을 바라보고 있었다.

진천은 당가연에게 먼저 인사를 했다. 진천은 때가 탄 무복을 입고 있었는데 당가연이 그것을 보고 옷을 꺼내주었다. 고급스러운 비단으로 만든 것으로 과거 단진천의 아버지가 즐겨 입던 것이다.

진천이 입고 나오니 환상적인 분위기를 풍겼다. 황보미윤조차 넋을 잃고 멍하니 바라보았다.

"잘 어울리네요, 단 공자님."

"빨리 가요!"

진천은 앞서가는 소미를 따라 단문세가를 나왔다. 황보미윤은 진천의 옆에서 걸음을 맞춰 걸었다. 진천의 기감에 주변에 대기하고 있는 흑영대의 기척이 잡혔다. 이제는 살수로서 제 역할을 다할 정도로 성장한 흑영대였다.

흑운의 기척도 포착되었다. 흑풍은 청월루 쪽으로 가 있을 것이다.

"무슨 생각을 그리 하시나요?"

"아무것도. 세가의 일은 어떻습니까?"

"안정되었어요. 제남의 분열을 생각했지만 지금은 이상하리 만큼 조용하네요. 그래서 이런 나들이도 나올 수 있었지요. 하지만… 이것이 폭풍 전야가 아니라면 좋겠어요."

폭풍을 발생시킬 기폭제는 황보미윤이 아닐 것이다. 그것은 단문세가의 단진천이 해야만 하는 일이다.

"늘 지금과 같으면 좋겠어요. 아무도 다치지 않고 그렇게……"

"그럴 수는 없을 것 같군요."

"그렇죠. 사람의 욕심은 절대 없어지지 않죠."

사람의 욕심이 끝이 없다는 것은 진천이 아주 잘 알고 있다.

무림맹, 마교는 그렇게 강한 권력을 지니고 있었지만 이익을 위해 사파 연맹을 없애고 진천의 모든 것을 앗아갔다.

"조금 빨리 가볼까요?"

진천의 단문세가는 외곽에 있었기에 야시장이 열리는 곳과는 거리가 있었다. 황보미윤이 먼저 경공을 쓰자 소미가 뒤를 따랐다.

[진무방의 움직임은 없습니다. 청월루주에 대한 경계가 상

당합니다.]

[제갈남진이 제남에 올 정도로 압박을 받고 있다. 지금 청월루를 건드릴 수는 없을 것이다.]

진천은 그들의 뒷모습을 바라보다가 전음을 해오는 흑운의 말에 대답했다. 진천은 경공을 전개하며 그녀들을 따라잡았다. 화려하게 날리는 눈발 속에서 빠르게 앞으로 나아갔다.

쌓인 눈에는 옅은 발자국만이 듬성듬성 나 있을 뿐이다. 보름달 아래서 셋의 신형은 그렇게 앞으로 나아갔다.

한동안 경공을 전개하자 야시장이 있는 곳에 당도할 수 있었다.

야시장은 화려했다. 마치 산동의 모든 상인이 제남에 몰려온 것 같았다. 여기저기에서 악기 소리가 들리고 음식 냄새가 풍겨왔다. 골목마다 등불이 가득했다.

산동무림의 위대한 영웅이던 등소자를 기리기 위해 중소방파들이 모여 행한 일이지만 어느새 제남의 명물로 자리를 잡았다. 때문에 범인보다는 무림인, 그리고 무림에 관련된 자들이 상당히 많이 몰려와 있었다.

"저길 봐요!"

소미가 손가락으로 가리킨 곳에는 사자의 탈을 뒤집어쓰고 사자춤을 추고 있는 무인들이 있었다. 온몸을 가리고 있어 그들의 모습은 알아볼 수 없었다. 금빛의 발이 현란하게 공중을 차며 사자를 역동적으로 표현하고 있었다.

진천은 그 모습을 보며 추억에 빠져들었다. 과거에 보던 것과 하나도 다르지 않았다. 다른 것은 그 자신일 것이다. 진천이 거리에 나타나자 많은 무림인이 진천과 황보미윤을 바라보았다.

"단문세가의 단진천이다!"

"황보미윤이랑 같이 있다니……."

"소문이 사실이었나?"

단진천의 위상이 높아져 있었다.

제남의 망나니로 불렸던 것은 단지 잠룡이 웅크리기 위함이었다고 호사가들은 평가하고 있었다. 그도 그럴 것이, 그때는 무림에 한창 피바람이 불 때였다. 그런 그의 행동이 비겁하다고 평하는 자도 있었지만 진천은 사파 토벌에 참여했기에 딱히 비난할 점은 없었다.

그때를 기점으로 잠룡이 날아오른 것이기 때문이다.

"제남의 잠룡이라더니, 역시 명불허전이군."

"오대세가의 소가주들과 비교해도 밀리지 않겠어."

웅성거리는 소리가 들려왔다.

진천은 살짝 기도를 흘리고 있었다. 그것을 알아본 무림인들이 진천을 그렇게 평가했다. 진천의 기도는 기품마저 느끼게 해주었다.

진천은 소미, 황보미윤과 함께 거리를 오가며 구경했다. 그저 필요에 의해 온 것일 뿐이지만 한동안 그런 생각을 잊고 추억에 잠겨 있었다.

진천이 집중된 무림인들의 시선을 느끼며 사람이 가장 많은 곳에서 이르자 그 효과가 곧바로 나타났다.

"이거이거, 황보 소저 아니십니까?"

인파를 가르며 다가오는 자가 있다. 바로 제갈남진이었다. 화려한 복장에 손에는 부채를 든 채 걸어오고 있다.

"제갈남진……."

하인과 호위를 대동한 그는 여지없이 제갈세가의 위상을 보여주었다.

그는 비릿한 웃음을 지으며 황보미윤을 바라보았다. 황보미윤은 그런 그를 노려볼 뿐이었다.

그는 황보미윤의 옆에 있던 진천과 눈이 마주치자 비웃음을 머금었다.

"제남의 망나니라 불리는 단진천, 그리고……."

제갈남진이 소미에게 시선을 돌렸다. 그의 눈빛이 음탕함으로 물들자 소미는 인상을 구기며 그에게서 눈을 돌렸다. 당장 패주고 싶었지만 상대가 제갈세가라 참는 것이다.

"줄을 잘 서는 것이 좋을 것이오. 언제까지 그 약소한 가문을 지탱할 수 있겠나?"

"무슨 말이지 모르겠군."

"주제를 알라는 말이오. 제남의 미래가 어떻게 될지는 뻔하지 않소? 나에게 잘 보이면 지원을 해줄지도 모르지. 물론 그에 상응하는 것을 바쳐야 하겠지만 말이오."

그렇게 말하며 제갈남진은 또다시 소미 쪽을 바라보았다. 소미는 소름이 끼치는지 이를 악물었다.

진천은 그런 제갈남진의 말에 천천히 미소를 그렸다. 그의 미소는 그야말로 마력을 지니고 있었다. 사법의 유혹술까지 더해지니 주위에서 탄성이 새어 나왔다.

"제갈 소협이야말로 제갈세가에서는 아무것도 아니지 않소?"

"뭐, 뭐라?"

"제갈 소협이 제갈세가에서 큰 역할을 할 그릇으로 보이지는 않소만. 제갈 소협이 산동무림을 위해 한 일이 무엇이 있소? 그저 진무방의 패거리에게 비위를 맞추며 굽실거린 것이다가 아니오?"

"이, 이이익!"

진천의 그런 말에 제갈남진이 부들부들 떨었다. 주변의 무림인들이 통쾌하다는 듯 진천을 바라보았다. 알게 모르게 제갈세가의 압박을 받아 선택을 강요당한 이들이 많았다. 강요보다는 인연과 정을 강조한 황보세가와는 대조적이었다.

"가, 감히……!"

"감히? 감히는 내가 써야 할 말이오."

진천은 여전히 웃는 낯으로 그를 바라보며 말했다.

"가문의 소일조차 결정할 수 없는 제갈 소협께서 진무방에 들러붙어 청월루에서 술과 여자에 취한 것은 산동무림 모두가 아는 사실이오."

"하하하!"

진천이 주변의 무림인을 보면서 말하자 무림인들이 통쾌하다는 듯 웃었다. 그런 웃음소리에 제갈남진의 얼굴이 빨갛게 변했다. 태어나서 이런 모욕을 받아본 적이 없는 제갈남진이다.

"파, 판도를 읽는 것도 군자가 갖춰야 할 덕목이다!"

"판도? 판도라 했소? 판도를 읽기 이전에 의리를 지키시오. 산동무림이 어떤 곳이오? 사파 연맹이 날뛸 때도 그 전통과 명맥을 이어온 곳이오. 근본도 알 수 없는 진무방에게 흔들릴 곳이 아니란 말이오."

"말 한번 잘하는군."

"맞소! 그것이 정파이고 정도이오!"

제갈남진은 화가 머리끝까지 치솟았다. 제갈남진은 결국 참지 못하고 출수해 진천의 사혈을 때리려 했다. 하지만 진천이 간단하게 그의 손을 잡았다.

으득!

"으, 으아악!"

"면전에서 살수를 펼치다니 제갈세가가 얼마나 타락했는지
알 만하군."

제갈남진은 진천의 손아귀에서 벗어나려 했지만 벗어날 수
없었다. 호위조차 어찌할 바 몰라 하며 진천을 바라보고 있
다.

진천이 손을 놓자 제갈남진은 바닥을 굴렀다. 흙먼지를 뒤
집어쓴 그의 모습은 너무나 초라했다. 제갈세가의 명성에는
전혀 어울리지 않는 모습이다.

진천이 제갈남진을 내려다보며 비웃었다. 제갈남진은 진천
의 비웃음에 손으로 흙을 꽉 움켜쥐며 이를 악물었다.

제갈남진이 몸을 일으켰다.

"결코 잊지 않을 것이다!"

"나도 치졸한 살수를 펼친 제갈 소협을 잊지 않겠소."

"이, 이이익!"

제갈남진은 진천을 노려보다가 등을 돌려 사라졌다. 제갈남
진이 사라지자 주변의 무림인들이 하나둘 박수를 치기 시작
했다.

진천이 황보미윤과 같이 나와 제갈세가를 적대시한 의미는
상당했다. 단문세가의 가세는 급격히 좋아지고 있는 상황이고

그 뒤에는 황보세가가 있다. 그리고 이 자리에서 진무방과 제갈세가에 대한 적대심을 표출했다.

그것이 그동안 진무방의 기세에 억압되어 눈치를 보던 산동무림인들의 가슴에 불을 지폈다.

정도는 우리에게 있다는 것을 진천이 이 자리에서 선언한 것이다. 황보미윤은 살짝 눈물까지 보이면서 진천을 바라보고 있었다. 소미 역시 감동한 듯 눈을 반짝이며 진천을 바라보았다.

진천이 헛기침을 했다.

진천은 생각보다 효과가 좋아 살짝 놀랐다.

"맞는 말이에요. 진무방은 자신들을 정파라 지칭하고 있지만 그동안 해온 일은 사파의 유지를 받든 일이었어요. 그리고 산동무림을 탐하고 있지요. 저는 결코 그러한 행태를 두고 보지만은 않을 거예요."

황보미윤이 말하며 웃었다. 무림인들도 각자 생각에 빠지며 고개를 끄덕였다. 산동무림의 영웅인 등소자를 기리는 이날 제남의 판세가 뒤바뀌고 있었다.

백도무림에 몸담은 자로서 자존심을 지킬 것이냐, 아니면 진무방의 세에 눌려 실리를 택할 것이냐.

거기에 앞으로의 산동무림이 걸려 있었다.

"단 공자님, 풍원객잔으로 가시는 것이 어떠하나요?"

"그렇게 해요, 오라버니."

진천이 고개를 끄덕였다. 그러자 황보미윤과 소미가 진천을 이끌고 풍원객잔으로 향했다.

[흑풍.]

[준비하겠습니다.]

흑풍과의 전음이 오갔다.

진천의 부드러운 미소 뒤에 감춰진 것을 그 누구도 보지 못했다.

＊　　　＊　　　＊

제갈남진은 이를 갈며 제갈세가로 이동하고 있었다. 마차에 오른 그는 화를 주체하지 못하고 소리를 질러댔다. 난생처음 받아본 치욕이다.

자신 따위는 상대가 안 된다는 듯 자신을 내려다보는 그 눈빛을 결코 잊을 수가 없었다.

"단진천! 으득! 감히, 감히 단문세가 따위가!!"

제남의 망나니라 불리던 그에게 그런 치욕을 당한 것이다. 도저히 납득이 가지 않는 상황이다. 게다가 단진천을 바라보는 황보미윤의 표정은 사랑에 빠진 여인의 것이었다.

몰락한 가문이라 무시하던 단문세가.

그리고 그 가문의 단진천이 자신에게 없는 것을 모두 갖추고 있었다. 과거와는 그 명성 자체가 달라졌다. 모두 그를 제남의 잠룡이라 부르며 신흥 고수로 치켜세웠다.

황보세가의 지원을 받고 있는 단문세가의 상황은 나날이 좋아지고 있었다. 이제는 몰락한 가문이라고 그 누구도 무시할 수 없을 것이다. 이빨과 손톱이 빠진 호랑이가 환골탈태를 한 것이다.

"으아아아아!! 단진천 이 개자식이!!"

제갈남진은 발광을 하기 시작했다. 그는 무시 받는 것을 가장 싫어했다. 제갈세가에서도 그를 무시했다. 소가주로 인정을 받고 싶어 모든 방법을 동원했지만 그는 결코 단 한 차례도 인정받은 적이 없었다.

그의 여동생인 제갈소현도 그를 무시했다. 여인의 몸이었지만 제갈남진은 제갈소현을 당해낼 수 없었다. 그래서 치졸한 수법을 쓰면서까지 황보세가를 친 것이다.

결국 성공하지 못했고, 오히려 진무방에게 약점을 잡힌 상황이 되었다. 만약 그것이 제갈세가 가주의 귀에 들어가게 된다면 그의 미래는 뻔했다.

제갈세가의 가주 제갈천은 피도 눈물도 없는 냉혈한이다. 가문에 해가 되는 것이라면 자식이라고 해도 죽일 수 있는 자였다.

"진무방, 나를… 나를 협박했단 말이지?"

단진천, 진무방, 그리고 황보미윤, 이 모든 것이 마음에 들지 않았다. 그의 예상대로 돌아가는 일은 단 하나도 없었다. 오히려 점차 목이 조여오고 있었다. 갑자기 청월루마저 돌아서서 진무방은 위기 상황이다. 진무방주는 제갈남진에게 막대한 자금을 요구했다.

입을 닫는 조건으로 말이다. 하지만 제갈남진에게는 그럴 돈이 없었다. 제갈세가에는 충분히 자금이 있었지만 제갈남진에게는 없었다.

"으아아아!"

천하오대세가 중 하나인 제갈세가에서 태어난 그였지만 그는 아무것도 아니었다. 무공도, 학식도 뛰어나지 않은 그저 열등감 덩어리일 뿐이었다.

"모두, 모두 죽여 버리겠어!"

그가 그렇게 외치는 순간 마차가 멈췄다. 제갈남진이 신경질적인 표정으로 마부를 바라보자 마부는 고개를 숙인 채 움직이지 않았다.

챙! 챙!

호위 무사들이 검을 빼 들며 주변을 경계했다.

"무슨 일이냐?"

"스, 습격인 것 같습니다!"

"습격?"

주변은 고요했다. 풀벌레 소리 하나 없이 고요했다. 제갈남진은 불길한 느낌을 받았다.

그 순간이었다. 숲 속에서 검은 그림자가 일렁였다. 호위 무사들은 검을 치켜들며 마차 주변을 둘러쌌다. 제갈남진을 보호하기 위함이다.

제갈남진의 호위 무사는 일류에 다다른 검수들로 이루어졌지만 제갈세가의 명성에 비하면 초라했다. 제갈소현이 절정 고수의 호위 넷을 데리고 다니는 것에 비하면 그 격이 떨어졌다.

스윽!

정체불명의 자들이 모습을 드러냈다. 모두 흉흉한 기세를 뿌리고 있다.

"웨, 웬 놈들이냐!"

호위 무사 하나가 소리쳤다. 호위 무사의 그런 외침은 허무하게 허공만을 가를 뿐이다. 정면에 있는 자가 손짓하자 주변을 포위하고 있던 흑의 무복을 입은 자들이 움직이기 시작했다.

"커억!"

"헉!"

빠른 합공에 호위 무사가 피를 토하며 뒤로 나자빠졌다. 제대로 검조차 휘둘러보지 못하고 호위들이 무릎을 꿇었다. 너무나 무력한 모습이다.

흑의 무복을 입은 자들이 마차에서 제갈남진을 끌어냈다.
그러고는 그들의 중앙에 있는 자의 앞에 무릎을 꿇렸다.

"제갈남진."

"누, 누구시길래 이, 이러는 것이오? 제, 제갈세가를 적으로
둘 셈이오?"

"그거야 너 하기에 달린 일이다."

제갈남진은 눈을 글렀다. 호위들은 살아 있었지만 막대한
내상을 입어 움직이지도 못하고 있다. 더군다나 늦은 시간이
라 이 깊은 숲길로 오가는 사람도 없었다.

이자들이 마음만 먹는다면 자신은 죽은 목숨이나 다름없
었다.

제갈남진은 눈앞에서 흉흉한 기세를 뿌리는 남자가 두려웠
다. 보아하니 이 정체불명의 자들을 통솔하고 있는 것으로 보
였다.

'소현이가 벌인 짓인가? 그년이……!'

자신을 제거하려는 것 같다. 하지만 그 생각은 곧이어 등
장한 자에 의해 부서졌다. 눈앞에 있던 자가 뒤로 물러나더니
그대로 무릎을 꿇은 것이다.

누군가 다가오고 있었다. 작은 발소리지만 그것이 너무나
뚜렷하게 들렸다. 주위에 있던 모든 자가 부복하며 그를 맞이

했다.

"꿀꺽!"

제갈남진은 침을 삼켰다. 그는 움직일 수조차 없었다. 막대한 두려움에 그대로 오줌을 지릴 정도였다. 제갈남진은 다가온 사내를 조심스럽게 바라보았다.

그는 가히 절대자의 기세를 뿌리고 있었다.

제9장
제갈세가의 그림자

　진천은 제갈남진의 앞에 섰다. 역용으로 얼굴을 바꾸었기에 그는 자신을 알아보지 못했다. 진천이 제갈남진에게 온 까닭은 그를 이용하기 위함이다. 제갈세가를 상대하기에는 부담이 있었다. 그렇다면 내부로부터 분열을 조장해 약화시키면 그만이다. 그 역할을 해줄 자가 바로 눈앞에 있다. 탐욕과 권력에 눈이 먼 아주 적당한 자였다.

　"네가 제갈남진인가?"

　"어, 어느 고인이이신데… 저를……."

　제갈남진의 말투가 공손해졌다. 진천의 기세를 느낀 탓이

다. 제갈세가는 오대세가로 손꼽히지만 무공은 제일 뒤처졌
다. 그들은 무림맹의 수뇌부 역할이다. 진법과 전략에는 특출
했지만 무공은 그 수위가 떨어졌다.

제갈남진은 눈앞에 있는 자가 제갈세가의 가주보다 강할 것
이라 짐작했다.

"청월루를 아느냐?"

"그, 그렇습니다만……."

"청월루가 왜 돌아섰는지 짐작되는 것이 있느냐?"

"호, 혹시……."

제갈남진은 빠르게 머리를 굴렸다. 눈앞에 이 절대자는 자
신을 죽이지 않을 생각인 것 같았다. 죽이려고 했다면 굳이
이렇게까지 대화를 하지 않아도 충분했기 때문이다.

"청월루는 이미 내 손안에 있다. 청월루주 또한 나에게 충
성을 맹세한 수하이다."

"그, 그 입신의 경지에 오른 청사혈조가……."

청사혈조는 산동에서 손꼽히는 고수이다. 진무방주조차 그
와 협력 관계이지 수직 관계가 아니었다. 무공 수위는 진무방
주가 더 높다고는 하나 청사혈조와 겨룬다면 사지 중 하나를
내주어야 할 것이 분명했다. 그런 청사혈조를 굴복시키고 청
월루를 삼킨 절대자가 그의 눈앞에 있다.

제갈남진을 침을 꿀꺽 삼켰다.

"저, 저를 찾아오신 연유가 무엇인지 여쭈어보아도 되겠습니까?"

"난 진무방을 먹을 생각이다. 그리고 제남을, 산동무림을 차지할 생각이지."

"허억!"

진천의 말에 제갈남진은 놀라며 몸을 부르르 떨었다. 진천은 미소를 지으며 그를 바라보았다. 따듯한 미소였다. 제갈남진은 단 한 번도 받아보지 못한 미소에 마음이 움직였다.

"그러기 위해선 황보세가, 진무방, 그리고 최근에 거슬리기 시작한 단문세가를 없애야 한다."

"제, 제가 무슨 도움이 되겠습니까. 저, 저는……."

"보아하니 진무방에게 약점을 잡힌 모양이군. 황보세가의 일로 말이야."

"어, 어떻게 그것을……."

제갈남진의 놀란 표정을 보면서 진천은 다시 입을 열었다.

"제갈세가에 그것이 밝혀지는 것이 두려운 것이 아니더냐?"

"그, 그렇습니다."

"나는 제갈세가의 도움을 원한다."

진천의 말에 제갈남진은 어쩔 줄 몰라 했다. 제갈세가의 도움을 원한다면 자신을 찾아오는 것보다는 제갈소현에게 가는 것이 나았다.

이자는 왜 자신을 찾아온 것인가? 제갈남진은 그렇게 생각할 수밖에 없었다.

"저는 아무것도 아닙니다. 저는……."

제갈남진은 한 번도 인정하지 않던 것을 스스로 인정했다. 자신의 측근, 가족들이 아닌 처음으로 따듯한 미소를 지어준 진천에게 말이다.

"앞으로 되면 될 것이 아니겠느냐, 제갈세가의 가주가."

"제, 제가 말입니까?"

진천은 가볍게 그의 어깨를 두드려 주었다.

"자네가 마음에 든다. 그 야망도, 탐욕도 모두. 제갈세가의 가주가 되어 나를 도와라. 네가 원하는 것을 모두 이룰 수 있을 것이다. 그 단진천이란 자도 처리할 수 있겠지."

단진천이란 이름이 나오자 제갈남진은 주먹을 쥐었다. 그의 결심은 이미 내려져 있었다.

"제, 제가 어찌하면 되겠습니까?"

진천은 제갈남진에게 사기로 이루어진 수라환단과 얼마 남지 않은 고독을 주었다. 고독 중에는 암컷이 있었는데 그것으로 수컷을 조종할 수 있었다.

고독의 숫자는 많지 않았다. 하나를 생산하는 데 보름 이상이 걸렸고, 겨울에는 그것마저 하지 못했다.

진천이 고독에 대해 말해주자 제갈남진이 놀라며 진천을 바라보았다. 전설에나 전해져 내려오는 고독이 눈앞에 있는 것이다. 자신이 암컷 고독을 섭취해야 하지만 다른 고독에게 명령을 내릴 수 있다는 사실에 그는 들떠 있었다.

게다가 수라환단은 그야말로 극독이다. 검은 구슬의 형태를 띠고 있지만 음식에 퍼뜨린다면 무색무취로 변한다. 사기로 이루어진 고독을 지니자 않은 자에게는 내공을 모두 상실시키고 주화입마를 불러일으키는 극독인 것이다. 화경에 이른 고수라도 직접 몸 안으로 침투하면 당해낼 수 없을 것이다.

제갈남진이 순조롭게 제갈세가를 장악해 간다면 진천은 흑영대의 지원을 약속했다. 무려 일류 고수 사십삼 인, 절정 고수 둘, 그리고 그에 비등한 수라귀로 이루어진 흑영대이다.

거기에 청사혈조까지 낀다면 막강한 부대가 될 것이다. 청사혈조는 내공을 모두 잃어버렸지만 사기에 의해 본래의 수위를 찾아가고 있었다. 이지가 모두 제압되어 지금은 설화의 명령을 아주 잘 따르고 있었다.

'이, 이것만 있으면 제갈세가의 가주가 되는 것은 꿈이 아니다.'

막대한 지원은 아니었지만 분명 희망이 있는 일이다. 제갈
남진은 눈앞에 있는 절대자가 자신의 역량을 시험해 보는 것
이라 생각했다.

이 정도의 물건을 주었는데도 제갈세가를 차지하지 못한다
면 그의 부하로서 자격이 없을 것이다.

"며, 명령을 받들겠습니다."

제갈남진은 그 자리에서 고독을 삼켰다. 잠시 닥쳐오는 고
통에 몸을 떨었지만 곧 웃을 수 있었다.

진천은 굳이 제갈남진의 이성을 제압하지 않았다. 그가 마
구 날뛸 수 있게 그저 무대를 마련해 준 것이다.

고독이 발각되거나 진천의 정체를 말하게 되면 제갈남진은
그 자리에서 죽을 것이다. 암컷 고독이 죽으면 그와 연결된 수
컷 고독도 죽으니 발각될 염려는 없었다.

제갈남진은 희열에 몸을 떨며 진천의 앞에 무릎을 꿇었다.
진천은 자애로운 미소를 지으며 그를 바라보았다.

'당분간은 쓸모가 있겠군.'

제갈세가를 차지하지 못해도 상관없었다. 단지 분열시켜 진
무방의 일에 간섭하지 않는 것으로 충분했다. 진천은 제갈남
진이 그 쓰임이 다할 때까지 날뛰어주기를 바랐다.

그를 기다리고 있는 종말은 뻔했다.

진천은 종막의 무대까지 이미 생각해 놓았다. 그것을 모르

는 제갈남진은 자신의 앞에 펼쳐질 미래를 생각하며 환희에
몸을 부르르 떨었다.

*   *   *

제갈세가는 태산에 위치해 있었다. 오대세가의 한 자리를
차지하는 명문 가문으로서 그 위용을 떨치고 있었다. 제남을
놓고 제갈소현과 제갈남진이 싸우는 것은 제갈세가의 입장에
서는 그저 그들의 자질을 평가하려는 시험장에 불과했다. 제
갈세가와 견줄 수 있는 가문은 남궁세가라는 평가가 대부분
이었다.

하지만 그들의 오만함은 틈을 만들고 말았다. 바로 제갈남
진을 낳은 것이다.

'이제 누구도 나를 무시할 수 없다.'

제갈남진은 진정으로 그렇게 생각했다. 제갈남진은 제갈소
현에 비해 떨어지기는 했지만 제갈세가의 피를 이은 자답게
머리가 나쁘지 않았다. 열등감에 사로잡혀 온전히 능력을 발
휘하지 못했지만 지금은 달랐다. 열등감보다는 우월감을 느끼
며 그의 능력이 십분 발휘되고 있었다.

아무도 환영하지 않는 제갈세가가 그렇게 반가울 수가 없
었다. 제갈남진은 고독을 신중하게 사용했다. 그는 알고 있

었다. 자신에게 이것을 준 절대자는 철두철미한 자라는 것을 말이다. 무엇 하나 일이 잘못된다면 자신은 분명 죽을 것이다.

그렇기에 그는 고독을 쓰기까지 꽤나 긴 시간을 투자해야만 했다. 고독을 제일 먼저 감염시킨 자는 제갈세가의 중심인물 중 하나였다.

제갈남진의 숙부인 제갈준이다. 제갈준은 무공에는 취약했으나 가문의 기문진법(奇門陣法)을 모두 대성하였고, 역리(易理), 토목기관지술(土木機關之術)까지 섭렵했다. 무림맹의 책사를 제안 받을 정도로 뛰어난 자였다. 제갈준은 제갈남진을 노골적으로 무시했고, 제갈소현을 예뻐했다.

제갈남진은 그가 즐겨 마시는 차에 고독을 넣는 방식으로 무리 없이 그의 몸에 고독을 침투시킬 수 있었다. 고독이 침투되고 보름이 지났다.

"공자님, 진무방에서 전갈이 왔습니다."

"찢어버려라."

"네?"

제갈남진은 미소를 지으며 다시 말했다.

"아니, 아예 불태워 버리거라."

"아, 알겠습니다요."

제갈남진은 유쾌한 듯 웃음소리를 내며 자리에서 일어났

다. 제갈준에게 침투시킨 고독이 다 자랐다는 것을 본능적으로 알 수 있었다. 그의 머릿속에도 고독이 있기 때문이다. 좁쌀만 한 다른 고독들은 잠들어 있고, 제갈준의 머릿속에 있는 고독만이 움직이고 있었다.

제갈남진은 제갈준이 있는 거처로 향했다. 아름다운 제갈세가의 건물은 오대세가답게 화려했다. 제갈세가의 정수가 제갈세가의 건물들을 이루고 있었다.

제갈준의 방 역시 그의 명성에 걸맞게 컸다. 제갈남진이 제갈준의 방에 소리 없이 들어서자 제갈준이 그를 노려보았다.

"무슨 일이냐?"

제갈남진은 천천히 걸어가 그가 아끼는 의자에 앉았다. 제갈준은 장인들을 사랑했는데 장인들의 정성이 깃든 물건을 모으는 것이 취미였다. 그가 아끼는 의자에 앉아 손가락으로 표면을 긁는 그의 행동에 제갈준이 그를 노려보며 노기를 터뜨렸다.

"네 이놈!"

"목소리 좀 낮추시지요, 숙부."

"뭐……!"

제갈준은 다시 한 번 소리치려 했지만 말이 나오지 않았다. 제갈준의 눈이 크게 떠졌다.

"무슨 일이옵니까?"

제갈준을 수행하는 호위 무사가 방 안으로 들어오며 묻자 제갈남진은 아무렇지도 않게 그를 바라보며 말했다.

"물러나도록."

호위 무사가 제갈준을 바라보았다. 제갈준의 안색은 딱딱하게 굳어 있었다.

"물러… 나라."

제갈준이 그렇게 말하자 호위 무사는 물러날 수밖에 없었다.

"나에게 무슨 짓을 한 것이냐?"

"숙부가 상상할 수 없는 짓이겠죠. 그 누구도 할 수 없는."

"가, 감히……."

제갈남진은 의자에 앉아 제갈준을 올려다보았다. 그러고는 고개를 까딱거렸다.

"감히는 내가 써야 할 말 같군. 올려다보기 힘드니 무릎을 꿇어라."

"으, 으윽!"

제갈준은 버티려 했지만 절로 무릎이 꿇렸다. 자신의 몸이 자신의 의지를 따르지 않고 있었다. 제갈남진은 제갈준의 굴욕적인 모습을 보며 웃었다. 저것이 제갈세가의 미래가 될 것이다.

모두 자신의 발아래 무릎을 꿇게 될 것이다.

'제갈세가는 내 것이다.'

제갈남진은 음흉한 미소를 지으며 제갈세가를 먹어치울 계획을 세우기 시작했다. 제갈천만 없애 버린다면 자신의 천하가 될 것이다.

제10장
영웅 단진천

제남이 들끓고 있었다. 진무방에 대한 여론이 좋지 않았다.

청월루주의 고백에 의해 진무방이 해온 모든 일이 만천하에 드러나게 되었다. 음지에서 해온 일들이 아주 많이 과장되어 산동무림에 퍼져 갔다.

청월루주 악미진이 누구인가? 산동에서 손꼽히는 고수로서 그 명성을 날리던 자다. 그런 자가 헛소리를 할 리가 없었다. 게다가 그가 진무방과 가깝게 지냈다는 것은 모두가 다 아는 사실이다.

진천이 제갈세가와 진무방에 대해 일침을 가한 것이 산동무림의 젊은이들 사이에 퍼져 나갔다. 모두가 진무방의 눈치를 보고 있을 때 유일하게 바른 소리를 한 것이 진천이었다. 진천의 그러한 발언이 산동의 젊은 무림인들을 들끓게 만들었다. 거기에 황보세가의 지지까지 이어지자 그것이 결국 단문세가가 예전 명성을 되찾는 계기가 되었다.

게다가 진천은 절정 고수였다. 젊은 후기지수들 사이에서는 단연 돋보였다. 오대세가의 소가주와 견주어도 손색이 없다는 평가가 줄을 잇고 있었다.

구방일파, 그리고 오대세가를 중심으로 돌아가는 백도무림에 새바람이 불고 있었다.

산동신룡, 혹은 제남신룡이라 불리는 진천을 중심으로 산동무림의 후기지수들이 하나둘 모여 신룡단이라는 단체를 조직했다. 무로서 협을 행한다는 글귀 아래 모인 것이다.

신룡단의 결성은 진천으로서도 예상 밖의 일이었다. 아무래도 그동안 억압받고 눈치를 본 것에 젊은 무림인들의 자존심이 무척이나 상한 모양이다.

신룡단은 진천을 단장으로 추대했다. 산동무림의 젊은 후기지수들이 모여 만든 것이었기에 그 잠재력은 대단했다.

진천은 예의상 몇 번 거절했지만 그들의 구애는 끈질겼다. 단문세가 앞까지 몇 번이나 찾아온 탓에 진천은 마지못해 승낙하는 척했다.

단문세가로서는 그야말로 경사였다. 세가는 평소와 같이 검소한 생활을 하고 있었지만 그 위상은 예전과 달라졌다. 황보세가와 굳건한 관계를 유지하고 있고 진천은 후기지수 중 제일 뛰어났다. 진무방의 일만 해결되면 날아오르는 일만 남은 것이다.

진천은 단문세가를 나섰다. 신룡단의 회합에 참여하기 위해서였다. 이용할 수 있는 것은 이용해 먹는 것이 좋았다. 신룡단은 여러 후기지수가 모였지만 제갈세가의 제갈소현은 포함되지 않았다. 어차피 그녀는 무림맹 소속이나 마찬가지이니 신경조차 쓰지 않을 것이다. 황보미윤이 무림맹 소속임에도 직접 참여 의사를 밝힌 것과는 대조적이다.

[주군, 진무방이 움직였습니다. 이번 회합을 방해할 생각인 것 같습니다.]

[기세를 누르기 위함인가?]

[아직까지 자신들의 건재함을 과시하고 싶은 모양입니다. 진무방의 고수가 나온 것으로 파악되었습니다. 주군, 회합에 참여할 생각이십니까?]

[이미 손발이 잘린 진무방이다. 더 눌러줘야 기어 나오겠지.]

진천은 흑운의 전음에 그렇게 답했다. 설화의 수완으로 진무방의 수입원이 하나둘씩 사라지고 있다. 청월루주가 부하로 있으니 그녀의 행동에는 거침이 없었다.

음지의 자금로가 모두 차단되었고 제갈남진마저 진무방을 무시했으니 진무방은 애가 탈 것이다. 게다가 진무방의 뒤를 봐주던 마교에게 보내는 상납 일도 다가오니 애가 타는 것을 넘어 똥줄이 타들어가고 있을 것이 분명했다.

진천은 만족스러운 미소를 지으며 풍원객잔으로 향했다. 풍원객잔은 언제나 그렇듯 붐비고 있었다. 제남에서 가장 좋은 객잔이라는 것이 허명이 아니었다.

풍원객잔 앞에 당도하자 진천에게 시선이 몰렸다. 진천을 알아보고 인사를 건네는 무림인이 상당히 많았다.

"아이구! 산동신룡 단진천 소협 아니십니까! 이쪽으로 오시지요!"

점소이도 진천을 알아보고 삼 층으로 그를 안내했다.

이곳에서 가장 고급스러운 곳으로 신룡단의 회합이 열릴 예정이다.

"진 소협, 오셨군요!"

"어서 자리에 앉으시지요."

진천이 자리로 다가가자 신룡단원들이 일어서서 진천을 맞이했다. 커다란 식탁에 둘러앉은 인원은 스물이 넘었다. 신룡단의 핵심 인사만 이 자리에 앉은 것이고 이 층은 신룡단에 참가한 젊은 무림인들로 가득했다.

산동무림을 이끌어갈 후기지수들이 모두 이 자리에 있다고 보면 되었다. 황보미윤도 자리해 있었다. 그녀의 장악력은 가히 대단했다. 신룡단에서 발언권이 진천 다음이었다.

"평안하셨는지요."

"예, 덕분에."

진천이 제일 상석에 앉았다. 그의 높아진 위상을 알려주는 대목이다. 간단한 식사 후 본격적인 회합이 시작되었다. 진무방의 비리를 규탄하는 발언과 산동무림이 나아가야 할 방향에 대한 이야기가 쏟아져 나왔다.

주된 이야기는 진무방에 대항하기 위해 뭉치자는 것이었다. 젊은 부림인들은 이해관계보다는 명예를 중시했다. 정파의 몸담은 자로서 지켜온 가치관을 따를 것을 외쳤다.

'하나 부질없는 것이다.'

진천은 그렇게 생각했다. 저들이 절대지존이라 믿는 정파의 하늘이 사파 무리보다 더 사악한 자라는 것을 알게 된다면 과연 어떤 표정을 지을까?

그때도 지금처럼 궐기할 수 있을까? 진천은 그렇게 생각했다.

"진무방은 그 근본이 정파가 아니오!"

"하나 그들은 정파를 표방하고 있소. 그 점은 인정해야 할 것이 아니오?"

"정파는 무슨, 산동에서 영향력을 행사하고 싶었던 거요!"

발언이 조금씩 격해지고 있었다. 그들은 한 차례의 말싸움을 마치고 진천을 바라보았다.

"단장께서도 한마디 해주는 것이 어떻겠습니까?"

진천을 바라보며 말을 건네는 이가 있다. 장구(章丘)의 산장파(山章派)에서 온 약관의 검수였다. 진천이 자리에서 일어나자 모두의 시선이 진천에게 쏠렸다. 진천의 주위에 있는 주요 인물뿐만 아니라 삼 층에 자리 잡은 신룡단의 회합에 참가한 다른 무림인들도 진천을 바라보았다.

"진무방을 키운 것은 그 누구도 아닌 산동무림입니다. 그들이 음지에서 세력을 키우며 정파의 질서를 어지럽히고 제남에서 명성을 떨칠 때 우리는 무엇을 했습니까?"

진천이 그렇게 말하자 쥐 죽은 듯이 조용해졌다.

"많은 문파가 그들의 비위를 맞추며 줄을 섰습니다. 아직도 진무방과 결탁하여 산동무림의 근간을 흔들려는 자들이 있습니다. 그들이 원하는 것은 결코 무로써 협을 행하는 산동무림의 정신이 아닐 것입니다. 단지 제남, 그리고 산동무림에 중심이 되었을 때 떨어지는 콩고물이겠지요."

젊은 무림인들이 고개를 끄덕였다. 많은 산동의 중소 문파가 이득을 위해 진무방에 줄을 섰다. 그들이 추구한 것은 숭고한 정신이 아닐 것이다. 돈과 명예, 그리고 권력 따위이다.

신룡단이 순수하게 잃어버린 산동무림의 정의를 위해 나선 것과는 대조적이다.

"이 자리에 우리가 모인 이유는 산동무림의 정의를 다시 세우기 위함입니다. 산동무림, 더 나아가 백도무림에서 중요한 일을 할 우리가 의협심을 가지고 뭉쳐야 합니다. 그래야 그 누구도 산동무림이 타락했다고 격하하지 않을 것입니다."

"옳습니다!"

"과연 산동신룡!"

근엄하게 말하는 진천의 모습은 굉장한 분위기를 만들어내었다. 자연스럽게 흘러나오는 기세는 모두를 집중하게 만들었다. 진천의 수려한 외모와 기세가 어울리며 지켜보는 여인들의 마음까지 흔들었다. 한때 풍류공자라 불리던 모습다웠다.

진천이 박수갈채를 받으며 자리에 앉으려 할 때 이 층이 소란스러워졌다.

"으, 으악!"

"커헉!"

콰앙!

사람들의 비명 소리와 함께 무언가 부서지는 소리가 났다. 검을 뽑아 드는 소리가 나자 진천을 선두로 모두가 이 층으로 내려왔다.

진천의 눈에 보인 것은 구석에 처박혀 있는 젊은 무림인들과 검을 뽑아 든 무림인들이었다. 검을 뽑아 든 자들은 딱 봐도 고수의 분위기가 흐르고 있었다.

"감히 네놈들이 진무방을 모욕하다니! 치졸하기 그지없구나!"

그들 중 가장 앞에 서 있는 중년의 검수가 외쳤다.

"지, 진무방의 진무신검 구관호!"

"처, 청월루주와 호각지세를 이루었다는 검수가 어째서 여기에?"

주변의 신룡단원들이 외쳤다. 진무신검이라는 이름은 결코 가볍지 않았다. 일찍이 많은 산동의 중소 문파가 그의 검 아래 패배했다. 그의 검에서 흘러나오고 있는 검강이 고절한 경지를 알려주고 있다.

"내 너희들의 팔을 잘라 일벌백계할 것이다!"

구관호가 그렇게 말하며 젊은 무림인들에게 검을 휘두르려 했다. 젊은 무림인들은 검강이 서려 있는 구관호의 검을 절대로 막을 수 없을 것이다. 이곳에 있는 대다수가 그러했기에 감히 나서지 못하고 있었다. 그러나 막 구관호가 검을 휘두르려 할 때 진천이 보법을 밟으며 쏘아져 나갔다. 그는 허공을 가르며 젊은 무림인들 앞에 나타나더니 그대로 단천검(斷天劍)을 뽑아 들었다.

기이잉!!

진천의 검과 구관호의 검이 부딪쳤다. 구관호는 살짝 놀라며 진천을 바라보았다. 진천의 검에서 검푸른 검강이 흘러나오고 있다.

진천과 구관호가 서로 검을 튕겨내며 동시에 물러났다.

"네놈은… 누구냐? 이토록 젊은 고수가 있다는 것을 들어본 적이 없거늘."

"단문세가의 단진천입니다. 그러는 선배는 누구시길래 이리 행패를 부리시는지요?"

"행패? 행패라……. 하하하! 오만방자하구나!"

구관호의 내력이 개방되며 기세가 진천에게 뻗쳐 왔다. 그의 중후한 내력은 젊은 무림인들로서는 버틸 수 없을 것이다. 하지만 진천은 너무나 태연하게 버텨내고 있었다. 그러자 구관호의 눈에 이채가 서렸다.

"입만 살아 있는 것이 아닌 모양이군. 나는 진무방의 구관호다. 네놈이 신룡단의 단장 단진천이란 말이지?"

"모두가 앉을 수 있는 자리이지요."

"흥, 제남의 잠룡이라더니 소문이 사실이었군."

구관호는 진천을 인정했다. 그러자 주위에서 감탄성이 터져나왔다. 그 누구도 막아서지 못한 것을 진천이 막아선 것이다.

신룡단의 기세를 눌러 버리고 후일을 도모하기 위해 온 구관호는 이미 그 계획을 잊은 지 오래였다. 오랜만에 만나는 적수에 몸이 근질거리고 있었다.

청월루주는 조법에 뛰어난 자라 겨루기 까다로웠고, 그는 검으로 검을 꺾는 것을 좋아했다.

"선배께서 물러나 주시는 것이 어떠십니까?"

"저기 있는 자들이 진무방을 모욕했다. 그것을 듣고도 그냥 넘어갈 것 같은가?"

진천은 고개를 끄덕이며 거친 숨을 내쉬고 있는 젊은 무림인들을 바라보았다. 내상을 입어 안색이 파랗게 변해 있다. 진천은 고개를 돌려 다시 구관호를 바라보았다.

"큰 내상을 입혔으니 이만하면 되지 않겠습니까?"

"나는 저놈들의 팔을 거두어야겠다."

진천이 고개를 끄덕이며 구관호를 바라보았다. 모두가 진천과 구관호의 대화에 집중하고 있다.

"그렇게는 할 수 없습니다. 젊은 무림인의 팔을 거두는 것은 너무 과한 일입니다. 정파를 표방하는 진무방의 고수가 젊은 무림인의 팔을 거둔다면 세간의 평가가 어떠할 것 같습니까?"

"그렇다면 네놈의 팔을 거두면 되겠군."

구관호가 기세를 일으키며 진천에게 검을 겨누었다. 더 이상 말은 통하지 않았다. 진천은 이만하면 싸울 명분은 충분하다고 생각했다. 진무방의 고수로 손꼽히는 자를 처리할 수 있는 기회였다.

'살려두지 않는 것이 좋겠지?'

시간을 두고 굴복시켜 수하로 만드는 것도 나쁘지는 않겠으나 아무래도 보는 눈이 많았다. 명성을 높이기 위해 이용하는 편이 좋을 것 같았다.

진천은 구관호를 죽이기로 마음먹었다. 구관호의 기세와 진천의 기세가 맞부딪쳤다. 구관호는 진천에게 검을 겨누고 있고 진천은 단천검을 천천히 뽑아 들어 검끝을 내리고 있다.

허술해 보였지만 진천의 빈틈없는 자세에 구관호는 살짝 인상을 구겼다. 젊은 애송이가 검강을 구사하는 것도 신기한데 그 경지가 매우 심상치 않아 보였기 때문이다. 하지만 구관호는 자신이 질 것이라는 생각은 하지 않았다.

자신이 바로 가까운 미래에 산동제일검으로 불릴 사람이기 때문이다.

타앗!

진천과 구관호가 동시에 서로를 향해 뻗어갔다. 진천은 단천신법을 밟으며 빠르게 검을 휘둘렀다.

타앙!!

검과 검이 부딪치는 소리라고는 믿기지 않을 정도로 큰 굉음이 울려 퍼졌다.

타, 타타타탓! 티잉!

진천과 구관호의 검이 순식간에 육 합을 나누었다. 진천의 단천검법에서 나오는 쾌검과 구관호의 중검이 서로 맞부딪친 것이다. 진천이 빨랐지만 위력은 구관호가 위에 있었다.

진천과 구관호가 서로 바닥을 밟으며 튕겨 올랐다. 공중에서 몸을 회전하며 바닥에 착지한 둘은 서로를 노려보았다. 진천은 충격에 떨리고 있는 단천검의 검신을 느꼈다. 구관호는 진정한 고수였다. 청월루주와는 다를 것이다.

'수라역천신공을 쓸 수 없으니 말이지.'

수라역천신공을 쓴다면 청월루주와 똑같은 양상이 벌어질 테지만 지금 진천은 오로지 단천신공으로만 구관호를 상대해야 했다.

그런 제약이 불리할 것도 같았지만 진천은 호승심을 느끼고 있었다. 게다가 구관호가 자신의 부족한 경험을 보충해 줄 수 있는 존재라고 생각했다.

타앗!

누가 먼저랄 것도 없이 마치 약조한 듯 진천과 구관호가 옆으로 달리다가 그대로 열려 있는 창문 밖으로 뛰어내렸다. 서로 경공을 전개하며 하늘을 가르다가 반대편 건물의 지붕 위에 내려섰다.

무림인들이 빠르게 몰려나와 둘의 모습을 지켜보았다.

"극도의 쾌검이군. 그런 검법, 산동에서 본 적이 없다. 무슨 검법인가?"

"단천검법이다."

"그렇군. 내 검법에 비해 전혀 부족함이 없다. 도저히 그 나이 또래라고는 믿을 수 없군."

진천과 구관호는 서로의 계획을 떠나 지금은 이 승부를 즐기고 있었다. 진천 역시 호적수에 만족했다. 구관호와 마찬가지로 자신이 질 것이라는 생각은 하지 않았다. 여차하면 수라역천신공을 쓰면 되기 때문이다. 하지만 그렇게 된다면 앞으로 암영으로서의 행동에 제약을 받게 되니 단천검법으로 그를 꺾어야 했다.

"안타깝군, 안타까워. 자네와 이런 일로 만나게 되다니… 자네가 이끄는 신룡단의 잠재력이 무섭구나."

진천은 말없이 단천검을 들었다. 단천검에서 검푸른 검강이 일 자 정도 치솟았다. 구관호에게 밀리지 않는 내공이다. 구관호 역시 검강을 뿜아내며 진천을 신중한 눈으로 노려보았다.

진천은 기와를 밟으며 빠르게 달려들었다. 단천신법은 몸을 무척이나 가볍게 만들어주었다. 바람처럼 움직여 순식간에 거리를 좁혔다. 단지 몇 걸음 내디뎠을 뿐인데 초상비의 묘리가 여기에서 드러났다.

파파팟!

진천의 손에서 단천검법의 초식이 펼쳐졌다. 검강을 뿜어내며 쉴 새 없이 빠르게 몰아치는 모습은 마치 하늘에서 내리는 소나기를 보는 듯했다. 단천검법의 개천검우(開天劍雨)가 완벽히 펼쳐진 것이다.

구관호는 진천의 휘몰아치는 개천검우를 빠르게 쳐냈다. 뒤로 밀려 나가며 쳐내고 있는 것이다. 구관호가 밟는 기와가 부서져 주변으로 흩날리며 뒤로 크게 뛰어 물러났다. 그러다가 기와에 발이 닿자마자 몸이 회전하며 진천에게 뻗어왔다.

대단한 신법이었다. 방어에서 공격으로 전환하는 방법이 너무나 절묘했다.

콰아아!

구관호의 중검이 휘둘러졌다. 진천은 방어 초식을 전개하며 막았지만 뒤로 주욱 밀려났다. 진천의 발이 기와를 마구 부수며 뒤로 밀려났다. 거기서 그치지 않고 구관호는 더욱 힘을 주어 진천을 튕겨냈다.

"하앗!"

구관호가 튕겨 나간 진천에게 검강을 쏘아 보냈다. 구관호의 검에서 쏘아져 나간 검강이 진천에게 빠른 속도로 다가왔다. 진천은 눈앞에 다가온 검강을 본 순간 빠르게 검을 휘둘렀다.

콰아!!

진천의 검에 의해 튕겨져 나간 검강이 지붕을 박살 내며 먼지를 뿜어냈다. 진천의 어깨가 살짝 베어져 있다. 충격에 내상을 입을 만도 했지만 그런 기색은 없었다.

  구관호는 웃고 있었다. 진천도 그런 구관호를 보며 입꼬리를 올렸다.

  탓!

  진천과 구관호의 신형이 흔들리는가 싶더니 그 자리에서 사라졌다. 지붕을 사선으로 가르며 두 신형이 빠르게 달려갔다.

  팅팅! 티디디디!

  달려가면서 서로를 향해 검을 휘둘렀다. 검강이 서로 맞부딪치며 주변의 먼지를 날렸다.

  휘익!

  진천과 구관호가 지붕에서 내려와 바닥에 섰다. 구관호의 검강은 줄어들어 있었지만 진천은 아니었다. 구관호의 내력이 한계에 이르렀음을 보여주었다. 구관호는 시간을 끈다면 자신이 불리하다는 것을 직감했다. 그것은 놀라운 일이었다. 검에 미쳐서 살아온 구관호가 저런 애송이한테 밀리고 있는 것이다.

  다른 이들의 눈엔 구관호가 우세하는 것으로 보였으나 실상은 그렇지 않았다. 중검에서 나오는 위력이 쾌검을 압도하지 못하고 있었다. 다르게 말하면 중검의 장점이 눈앞에 있는 젊은 검수에게 통하지 않은 것이다.

구관호는 자신의 비기를 시전해야 이길 수 있다고 생각했다. 구관호가 전신 내력을 끌어 올리자 진천 역시 내력을 개방했다.

"놀랍군. 대단한 실력이야. 그런 검을 어째서 여태까지 숨겨 온 것인가?"

"이날을 위해서인지도 모르겠군."

"하하하! 좋은 대답일세. 하나 이번에는 아주 매서울 것이야. 각오하도록."

구관호가 천천히 자세를 잡았다. 청월루주를 상대할 때조차 펼치지 않던 그의 비기가 모습을 드러내고 있다.

구관호의 검에서 검강이 한 자 이상 치솟았다.

진천은 그 모습을 보며 직감했다. 구관호가 단 일격에 모든 것을 걸 것이라는 사실을. 진천 역시 단 한 수에 모든 것을 집중해야 했다.

여러 초식이 존재했지만 서로의 목숨을 노리는 것은 가장 단순한 형태이다.

휘익!

구관호의 신형이 사라졌다. 그와 동시에 진천 역시 모습을 감추었다. 잔상을 그리며 뻗어간 둘의 신형이 서로 교차해 갔다.

진천의 검이 구관호의 검과 부딪쳐 갔다. 진천의 눈에 그것이 선명하게 보였다. 그것은 구관호 역시 마찬가지일 것이다. 같은 경지에 이른 자만이 볼 수 있는 광경이다.

지이이잉!!

검강과 검강이 맞부딪쳤다. 검강이 서로 얽히며 터져 나갔다. 검강의 대결은 무승부였다. 혼기에서 발현되는 검강이었다면 진천의 압승이겠지만 한 가닥에 불과한 정순한 기운이었기 때문이다.

티잉!

검과 검이 또다시 부딪쳤다. 진천의 단천검이 구관호의 검과 부딪치자 구관호의 검에 균열이 생겼다. 힘은 구관호가 우세했지만 단천검의 예기를 극복할 수는 없었다.

쉬이이익!

서로의 신형이 교차하며 삼 장 이상 뻗어갔다. 주변에 있는 무림인들이 모두 숨을 죽이며 그 결과를 바라보고 있다.

쨍그랑!!

박살 난 구관호의 검 조각이 바닥에 떨어졌다. 진천의 검은 매섭게 떨리고 있었지만 흠집은 찾아볼 수 없었다. 진천은 검을 휘저어 진동을 떨쳐 내고는 검집에 검을 넣었다. 그러고는 아직 자세를 잡고 있는 구관호를 향해 몸을 돌렸다.

울컥!

구관호가 피를 한 차례 토해냈다. 그는 떨리는 손으로 자신의 부서진 검을 바닥에 내려놓았다.

단 한 번도 손을 떠난 적이 없는 검이 드디어 구관호의 손을 벗어난 것이다. 구관호의 눈빛엔 후회는 존재하지 않았다.

검수가 더 나은 검수에게 죽는 것은 당연한 일이었다.

"좋은… 검이었다. 숨기는… 것이 있더군."

"거기까지 보았나?"

"물론."

그렇게 말한 구관호가 앞으로 고꾸라졌다. 진천은 그런 구관호의 뒷모습을 바라보았다.

"지, 진무신검 구관호가……."

"진무신검이 산동신룡에게 패했다!!"

"산동신룡이 진무신검을 꺾었어!"

무림인들이 외쳤다. 풍원객잔에 있던 진무방의 무사들이 달려나와 구관호의 시신 옆에 섰다. 그들의 시선에 진천이 고개를 끄덕이자 구관호의 시신을 수습해 사라졌다.

'아직 부족하다.'

구관호는 산동의 고수였지만 무림맹에 비하면 손색이 있었다. 구관호에게 아슬아슬하게 이긴 것이다. 수라역천신공을 썼다고 해도 구관호는 버텨냈을 것이란 생각이 들었다. 게다가 그는 진천이 숨기고 있는 수를 마지막에 알아차렸다.

'세상은 넓고 고수는 많군. 너무 많아.'

진천은 한동안 그 자리에 서 있었다. 그러자 황보미윤이 다가왔다. 황보미윤은 조심스럽게 진천의 옆에 서더니 어깨에서 흘러나오는 피를 손수건으로 닦아주었다.

진천은 고개를 돌려 그녀를 바라보았다.

"슬퍼하시는 것 같군요."

"아니요. 단지… 아쉬울 뿐입니다."

"대단한 일을 하신 거예요, 이 많은 사람 앞에서 진무신검을 꺾은 것은."

진천은 묵묵히 고개를 끄덕이고는 풍원객잔을 바라보았다. 그곳에 있는 젊은 무림인 모두가 주먹을 불끈 쥐며 진천을 바라보고 있다.

"와아아아!"

"저분이 바로 신룡단의 단장 단문세가의 단진천이시다!"

"진무신검을 꺾었으니 제남제일검이 분명해!"

젊은 무림인들을 구하러 등장했을 때의 그 모습, 그리고 진무신검 구관호의 앞에서 너무나 당당하던 모습, 마지막으로 놀라운 검법으로 진무신검을 꺾는 모습.

이 모든 것이 지켜보던 무림인들의 마음을 뒤흔들어놓았다. 진무방에 대항하여 새로운 영웅이 탄생한 것이다.

마치 산동무림의 영웅이라 불리던 등소자의 재림을 보는

듯했다. 진천은 발걸음을 돌려 풍원객잔으로 향했다. 모두가 진천을 바라보며 눈을 반짝였다.

"그는 좋은 선배였소. 단지 오해가 있었을 뿐이오."

진천이 그렇게 말하자 모두가 진천의 인품을 높이 추켜세웠다.

신룡단의 기세를 꺾어 본보기를 보여주려던 진무방이 오히려 짓눌렸다. 진무방의 주축이던 진무신검을 잃은 것이다.

진무신검이 단진천에게 패한 것은 의미가 컸다. 젊은 무림인도 무언가 할 수 있다는 것을 보여준 것이기 때문이다. 이 한 번의 승부로 인해 진무방에 아직도 줄을 대고 있던 문파들이 등을 돌릴 것이다. 그리고 진천은 더욱더 명성을 얻어갈 것이다.

'진무방주, 어느 정도의 고수인지 궁금하군.'

지금 당장 단천신공만으로 진무방주를 이길 자신은 없었다. 하지만 그와 만났을 때는 지금보다 강해져 있을 것이다. 그리고 당당히 그를 꺾을 수 있을 것이다.

그것은 자신감이 아니라 사실이었다. 자신의 부족함을 절실하게 깨달은 진천에게는 발전만이 있을 뿐이다.

"감사합니다. 저, 정말 감사합니다."

"큰 은혜를 입었습니다, 단장님."

구관호에게 팔을 잘릴 뻔한 젊은 두 무림인이 다가와 진천에게 감사를 표했다.

"진무방에 대항하여 당당히 의견을 말한 두 소협이야말로 영웅호걸이십니다. 그러니 고개를 숙이지 마시지요."

"크흑……."

"흐흑!"

진천의 말에 두 젊은 무인은 눈물을 보였다. 진천의 말에 크게 감복한 것이다. 진천은 그들에게 미소를 지어준 후 그들을 지나쳤다.

그 미소의 진정한 의미를 아는 자는 아무도 존재하지 않았다.

제11장
떠오르는 별

　무림에 새로운 별이 탄생했다. 산동에서 불어온 소문이 전 무림을 떠들썩하게 만들었다.

　'산동의 젊은 고수가 입신의 고수를 꺾었다.'

　'진무신검으로 유명한 구관호를 꺾은 자가 단문세가의 단진천이다.'

　'명문세가의 후기지수들보다 우위에 있다.'

　이런 소문들이 급속도로 퍼져 나간 것이다. 무림백천에 들고도 남을 것이라는 호사가들의 평가가 줄을 이었다. 무림백천의 말석을 차지하고 있던 것이 진무신검 구관호였기 때문이다. 구관호는 그만큼 유명한 검호였다.

그런 구관호를 꺾은 단천검룡이야말로 무림백천에 어울리는 자가 아닌가? 소문에 거짓이 없음을 현장에 있던 무림인들이 증언해 주었다.

단천검룡.

그것이 단진천의 새로운 별호였다.

화제의 중심에 있는 진천은 그다지 신경 쓰는 기색이 없었다. 모든 것이 예정된 수순이었기 때문이다.

구관호와 대적한 것은 어리석은 행동이었지만 그 효과를 톡톡히 보았으니 목숨을 걸 만했다. 백도무림에 생각보다 크게 자신의 이름을 알렸으니 꽤나 이득이 컸다.

청월루와 청월루의 휘하에 있는 객잔들은 진무방에서 완전히 독립해서 나왔고 진무방의 영향력은 나날이 약해져 갔다. 그럴수록 떠오르는 것은 역시 단문세가였다.

제갈세가와는 달리 황보세가는 이미 큰 위기를 넘겨 안정세로 접어들고 있었다. 진무방과 제갈세가가 오히려 황보세가의 힘이 한곳으로 모이는 것에 도움을 준 꼴이었다. 가문의 불순분자들을 과감히 쳐낸 것에서 황보미윤의 결단력을 알수 있었다.

단진천은 겨울이 깊어질 때까지 매우 바쁘게 지냈다. 신룡단을 넘어 어느덧 산동무림을 논할 때 빠져서는 안 되는 고수가 되어 있었다. 특히 젊은 무림인들의 추앙은 각별했다. 여러 가문에서 혼사가 들어왔고 산동의 주요 정파들은 극진하게 진천을 대했다.

산동무림의 자긍심을 높여주고 정파를 하나로 모은 것에 큰 역할을 한 단진천은 산동에서는 영웅과 마찬가지였다.

물론 그런 단진천을 아니꼽게 보는 자들도 분명 존재했다. 지금 떠오르고 있는 신진세력 때문에 밀려난 원로들이 대부분이었다. 진무방에 홀딱 넘어갔던 그들은 자신의 행적이 부끄러워 단진천의 발언 앞에서는 힘을 쓰지 못했다.

정파의 체면을 뒤로하고 당장의 권익을 위해 진무방에 고개를 숙였으니 가만히 있는 것이 가장 좋은 피난처였다.

생각해 보면 산동무림이 그래도 백도무림의 일원으로서 고개를 들고 다닐 수 있는 것은 젊은이들의 역할이 컸다.

무림에서는 권력에 굴하지 않고 스스로 정파의 명예를 지키는 산동의 그런 기개를 높게 평가하고 있었다.

"단 소협 같은 인재가 있으니 백도무림의 앞날은 걱정이 없겠구만! 허허허!"

"선배님들께서 버텨주신 덕분에 여기까지 올 수 있었던 것 같습니다."

"그, 그렇지. 허허, 자네의 안목은 정말 대단하구만! 어려운 일이 있다면 언제든지 말하게."

"단 단장! 내 말은 안 해서 그렇지 예전부터 자네가 크게 될 줄 알았다네."

단진천은 산동무림인의 회합장에서 체면을 세우기 위해 나온 여러 문파의 고수들을 확실히 띄워주었다. 그러자 그들의 입은 귀까지 찢어졌다.

"역시 제남의 명가가 이리 부활할 줄 알았네. 자네의 아버지도 분명 기뻐하셨을 것이야."

"앞으로도 잘 부탁드립니다. 지금은 산동무림을 위해 힘을 하나로 합쳐야 할 때입니다. 진무방이 흩어진다면 산동무림회는 좀 더 큰 기회를 잡을 수 있겠지요."

단진천이 진무방을 언급하며 그렇게 말했다. 그러자 회장 안의 모든 무림인이 고개를 끄덕였다. 의미심장한 미소를 짓고 있는 것으로 보아 머릿속으로 이익에 대해 빠르게 계산하고 있는 것이 분명했다.

'좋은 먹잇감이 눈앞에 있으니 협력을 할 수밖에 없겠지.'

진무방을 흡수했을 때 발생하는 이익은 꽤나 대단할 것이다. 정파들은 음지까지 영향력을 미치기에는 그 명분이 서지 않았다. 이번 기회로 산동무림은 큰 도약을 할 수 있을 것이다.

어차피 약해진 진무방이었다. 진무방이 약점을 쥐고 있기는 했지만 모두 마치 합의라도 한 것처럼 과거에 대해서는 그 누구도 입 밖으로 꺼내지 않았다.

"단 단장의 말이 맞네. 산동무림회가 무림맹에 뒤처질 것이 무에 있는가! 무림맹주가 절대지존이라고는 하지만 우리에겐 단 단장이 계시지 않은가! 무림맹주도 단 단장의 나이 때에 무림백천에 오르지 못했네."

"허허허! 옳으신 말씀이오! 우리 산동무림회가 무림의 중심이 될 날도 머지않았소!"

"그때까지 절대 경거망동하지 말고 하나로 뭉치는 것이 좋겠네."

"옳은 말씀이오!"

장내에 훈훈한 분위기가 감돌았다. 산동무림의 터줏대감들조차 진천에게 휘둘리고 있었다. 진천에게 잘 보이려고 아양을 떠는 모습이 보이기까지 했다.

산동무림회는 회주를 뽑지 않고 각 영향력 있는 문파들이 발언을 하는 형식이었다. 그 점이 오히려 단진천에게 이득이 되었다. 단진천의 발언권이 상당히 강해 거의 회주직과 맞먹었기 때문이다. 산동의 모든 젊은이가 진천을 지지한다고 봐도 무방했다.

"좋은 회합이었소!"

"허허허! 산동무림의 미래가 무척이나 기대되는구려."

"다 모두가 노력해서 만든 결과입니다."

진천이 그렇게 말하자 모두 만족스러운 표정이 되었다. 회합이 끝났음에도 많은 무림인이 자리를 뜨지 않았다. 모두 진천의 앞으로 몰려왔다.

"허허, 단 단장! 언제 한번 산동검파에 오시게나. 제자들에게 큰 도움이 될 것이네."

"단 단장은 권법에도 일가견이 있다고 들었네. 우리 산동권가에도 들러주시게나!"

"어허! 우리가 먼저일세."

진천은 그들에게 일일이 대답을 해주었다. 아주 예의 바르게 그들을 높여 대하자 그들은 연신 미소와 웃음을 터뜨릴 수밖에 없었다. 차기 권력의 중심이 될 것이 분명한 단진천이 이렇게 두둔해 주니 겉으로는 점잖은 미소를 짓고 있지만 속으로는 분명 하늘 위로 날아가고 있을 것이다.

진천은 천천히 건물 밖으로 나왔다. 청월객잔에서 이루어진 회합이었다. 청월루는 음지에서 은밀하게 손을 뻗어 청월객잔뿐만 아니라 주변 상권까지 싹 다 흡수했다. 이제 진무방의 흔적은 찾아볼 수 없었다.

진무방은 애가 탈 것이다. 그렇다고 대놓고 뭐라 할 수도 없는 것이 스스로 정파를 표방하고 있었기 때문이다. 하는 짓은 사파였지만 대세가 무림맹이었기에 이득을 위해 정파로 몸을 옮기려던 집단의 말로였다.

진천이 청월루에서 나오자 대기하고 있던 흑운이 다가왔다.

흑운은 진천의 호위 무사로 알려져 있었다. 대외적으로는 흑운이 행동하고 밑으로는 흑풍이 일을 처리하는 형식이었다.

[황보세가에서 전서가 왔습니다.]

진천은 고개를 끄덕였다. 주위에는 진천에게 인사를 하기 위해 다가오는 자가 많았다. 진천은 적당히 인사를 한 후에 걷기 시작했다.

단문세가로 돌아온 진천은 그의 방에서 전서를 천천히 읽어보았다. 뛰어난 필체로 간결하게 적혀 있었다. 글자만 보더라도 상당한 내공이 느껴졌다.

'한 수 위군. 대단해.'

내공이 더해진다면 승리를 자신했지만 순수한 초식 대련으로는 우위를 점하기 힘들 것 같았다. 글자만 보더라도 그런 것이 느껴졌다.

진천의 경지를 무림에서 흔히 부르는 경지로 말하자면 화경의 초입에 해당할 것이다.

하나 일반적인 경지로 진천을 판단하기에는 무리가 있었다. 그들과는 완전히 반대로 향해가고 있었기 때문이다.

'황보세가의 가주라……'

황보세가의 가주가 직접 전서를 쓴 것으로 보였다.

황보세가에서 단진천을 황보세가에 초대했다. 정신을 간신히 차린 황보세가의 가주가 진천의 이야기를 듣고는 진천을 초대한 것이다. 은밀히 전갈을 보내온 것을 보면 남의 눈이 없는 곳에서 단독으로 만나고 싶어 하는 것 같았다.

'직접 가봐야겠군.'

직접 가보는 것도 나쁘지 않을 것 같았다. 자신에게 중요한 용무가 있어 보였다. 단문세가에도 이익이 되는 이야기일 것이다.

진천은 전서를 파기하고는 밖으로 나왔다. 마당에는 새끼백호가 배를 뒤집어 까고 누워 있었다. 영물은 영물인 모양인지 벌써 덩치가 일반적인 호랑이만큼이나 커져 있었다.

"어이구, 도련님 나오셨습니까?"

"제법 커졌군."

"어휴, 말도 마세요. 가끔씩 산에서 짐승을 물어 오는데 그 양이 어마어마합니다요. 덕분에 매일 고기반찬을 먹고 있습죠."

마당을 점령한 백호는 어느새 단문세가의 명물이 되어가고 있었다.

순한 녀석이라 사람을 덮치는 일이 없었고 산에서 사냥 후 사냥감을 물어 오기도 했다. 식솔들에게 애교도 잘 부려 백호를 두려워하는 자는 존재하지 않았다.

불순한 목적으로 침입해 오지 않는다면 말이다.

'제법 활기차졌어. 이것이 명가의 힘인가.'

단문세가의 식솔들이 상당히 늘어났다. 기울어져 갔던 건물들도 제법 안정세를 찾았다. 저들이 배신할 염려는 없었다. 진무방과 제갈세가에서 심어놓은 첩자가 오히려 진천의 눈이 되어주고 있었으니 말이다.

'제갈세가는 분열 중이고 진무방은 아직까지는 움직일 수 없을 테니 당분간은 조용하겠군.'

그 틈새를 타 진천은 유명해졌고 단문세가 역시 황보세가에 뒤를 이어 명문가로서 재도약했다. 소미가 몰려드는 혼처에 난감해하며 자신에게 투정을 부렸던 기억이 났다.

당가연은 소미가 원하지 않으면 결혼을 시킬 생각이 없는 듯했다. 겉으로는 내색하지 않았지만 당가연은 지극히 자식들을 사랑했다. 진천은 그것을 느낄 수 있었다.

희연이가 그러한 사랑을 받았더라면 좋았을 것이라고 진천은 생각했다.

'하늘에서 못 받은 사랑을 받고 있겠지.'

진천은 그렇게 믿었다. 현문대사와 함께 자신을 내려다보고 있을지도 몰랐다.

황보세가는 그리 멀지 않은 곳에 위치해 있었다.

황보세가는 제남의 바로 옆에 있는 천불산을 끼고 있었는데 낮은 산이었지만 상당히 아름다운 분위기가 흘렀다. 딱히 짐을 챙길 필요는 없을 것이다. 진천의 경공이라면 금세 도착할 정도로 가까운 곳이었다.

혼자 이동하는 것이 나을 것 같았다.

진무방은 분명 자신을 주시하고 있을 것이다. 기회가 된다면 수작을 부려올 것이 분명했다. 그만큼 진천은 중요한 인물로 급부상해 있었다. 수세에 몰린 진무방에게 틈을 보여주는 것도 나쁘지 않을 것이다.

"방비를 철저히 해라."

"예."

흑운에게 그렇게 일러준 진천은 단문세가를 나왔다.

단문세가의 주변은 예전과는 달랐다. 연을 대기 위해 단문세가를 방문한 자들로 북적였다. 근처 객잔이 붐빌 정도였다. 달라진 단문세가의 위상을 그대로 보여주었다.

진천은 저들이 마음에 들지 않았다. 모두 기회주의자였다. 앞으로의 이득을 위해 몰려든 것을 보면 정파나 사파, 그것을 떠나 그게 인간의 본모습인지도 몰랐다.

진천의 모습이 흐릿해지더니 그 자리에서 사라졌다.

＊　　　＊　　　＊

진무방의 회의실은 적막만이 가라앉아 있었다. 진무방은 낭인이 된 사파 고수들을 하나로 모아 만든 집단이었다.

마교의 지원을 받은 것은 마교가 후에 산동으로 세력을 넓힐 때 도움을 준다는 조건이었다. 하지만 진무방의 방주는 마교보다는 무림맹이 현 무림의 대세라 생각했다.

그렇기에 마교의 지원을 받으면서도 정파로서 거듭나길 원했던 것이다. 무림맹에 소속되기만 한다면 마교 따위는 전혀 눈치 볼 필요가 없었다. 하지만 지금은 무림맹은커녕 진무방을 유지하기도 힘들 지경이었다.

"단진천!"

모든 것이 그 가증스러운 단진천 때문이었다. 진무방주는 그렇게 생각했다. 그가 제남에 오고 나서부터 묘하게 일이 꼬이더니 이런 상황이 되어버린 것이다.

'분명히 무언가 있다.'

진무방주는 그것을 직감했다. 그렇지 않고서는 마치 계획된 것처럼 손발이 잘려 나갈 수는 없었다. 황보세가에 대한 개입의 실패, 그리고 갑자기 등을 돌린 청월루주, 손쓸 틈도 없이 궐기한 젊은 무림인들, 신룡단에 이르기까지 그 흐름은 마치 누군가 계획이라도 한 것 같은 느낌이 들 정도였다.

'무림맹에 소속될 수 없다면 차라리……'

마교에 몸을 기대는 것이 나을 것이다. 차라리 마교에 모든 것을 넘기고 한자리 차지하는 것이 제일 좋은 방법인지도 몰랐다.

강자지존과 실적을 위주로 자리를 주는 마교에서라면 진무방주는 충분히 권세를 누릴 수 있을 거라는 자신감이 있었다.

제남을 먹고 무림맹에 진출하는 것과 비교할 수는 없겠지만 이대로 시간이 흘러가 진무방이 와해되는 것보다는 나을 것이다.

진무방주의 앞에 진무방의 무사가 나타나며 무릎을 꿇었다.

"어찌 되었느냐?"

"마교 측에서 살수들을 보내준다고 합니다. 대신……."

"대신?"

"제남의 일이 수습된다면 그에 걸맞는 것을 바치라는……."

"그렇겠지. 그렇게 말했겠지."

마교는 꺼려지는 곳이었다. 처음에 그들을 만났을 때부터 느낀 감정이었다. 많은 지원금을 아무렇지도 않게 주는 척했지만 모든 실속을 챙긴 것이 바로 마교였다.

"받아들일 수밖에 없다. 차라리 잘되었어."

"많은 고수가 반발을 할 것 같습니다만……."

"어차피 떠날 놈들은 떠나게 되어 있다. 그 전에 일을 치러야겠지."

진무방주는 눈을 빛냈다. 그러며 다시 수하를 바라보았다.

"단진천, 그놈은 지금 어디에 있지?"

"황보세가로 향했다는 첩보입니다. 황보세가의 가주가 초대한 것 같습니다."

"황보세가의 가주가 정신을 차렸다는 말이 사실이겠군. 그자가 깨어난다면 상황은 더 불리해진다."

괜히 황보중자에게 수작을 부려 황보세가의 가주, 황보대산을 처리하려고 했던 것이 아니다. 황보미윤이 순조롭게 처리되고 황보대산이 죽었더라면 황보세가는 진무방에 손에 있었을 것이다.

완벽했던 계획이 모든 것이 어디선가부터 틀어졌다. 하지만 아직 끝난 것은 아니었다. 결코 자신이 쌓은 모든 것을 놓칠 수는 없었다.

"황보세가와 단진천을 한 번에 처리할 수 있다면 희생을 감수할 만하다. 그 둘만 없어진다면 놈들은 다시 눈치를 볼 수밖에 없겠지."

"명안이십니다."

"마교의 살수들이 도착하면……."

진무방주는 손을 뻗었다. 그러자 찻잔이 진무방주의 손에 빨려 들어왔다. 허공섭물이었다.

진무방주의 손에 들린 찻잔이 순식간에 가루가 되어 바닥에 떨어졌다. 막강한 내력으로 찻잔을 가루로 만든 것이었다.

"단진천과 황보세가를 친다."

그렇게 말하는 진무방주의 눈은 이글거렸다.

그는 그동안 받은 수모를 모두 갚아줄 것을 다짐했다. 과거와 같이 음지로 돌아가기엔 이미 너무 먼 길을 와버린 진무방주였다.

제12장
황보세가

진천은 황보세가로 향했다.

진천의 몸놀림은 무척이나 가벼웠다. 진기의 유통에 막힘이
없어 움직임은 너무나 자유로웠다. 단진천의 육체는 그야말로
무를 위해 만들어진 것 같았다. 거기에 사법과 수라역천신공
이 더해지니 진천의 성장 속도는 그야말로 눈부셨다. 벌써 사
갑자가 넘어서는 내공이 진천의 단전을 채우고 있었다.

진천의 감각에 만물이 지닌 기운이 느껴졌다. 입사의 경지
에 오르고 나서도 처음 느껴보는 것이었다. 만물은 자연과 호
흡하며 기운을 서로 주고받고 있었다. 그것이 거대한 흐름을

만들고 인간을 완성시키고 있는 것이다. 때문에 인간은 그 흐름에서 벗어날 수 없었다. 하지만 진천은 그것을 거부하고 있었다.

'세상의 모든 것에는 기운이 있다. 그것을 내 것으로 만들 수만 있다면……'

기운을 주고받는 것이 아닌 독식을 추구했다. 사법과 수라역천신공이 그것을 가능하게 만들어줄 것이다.

그 경지에 도달하게 되면 축기를 하지 않아도 모든 것을 혼기로 만들 수 있을 것 같았다. 지금은 닿을 수 없는 경지였다. 그렇다고 그것이 멀게 느껴지지는 않았다.

진천은 독자적인 경지로 나아가고 있었다. 우화등선한 신선들조차 상상하지 못한 그런 길이었다. 역천의 길은 그야말로 자연을 등지는 오로지 자신만을 위한 길이었다.

그 누구도 따라 할 수 없는, 오로지 진천에게만 허락된 길일 것이다.

'저기가 천불산이군.'

진천은 빠르게 천불산에 도착할 수 있었다. 황보세가가 있는 천불산은 오가는 사람들로 붐볐다.

황보세가는 오대세가 중에서 가장 떨어지기는 하지만 인망은 두터웠다. 산동의 기질을 타고나 호쾌했고 사람을 대하는 것에 솔직했다.

황보대산은 젊었을 때부터 소문난 호걸이었다. 진무방이 득세하던 때에 그래도 많은 이가 황보세가를 등지지 않았던 것은 황보대산 때문이기도 했다. 때문에 황보대산이 사경을 헤맬 때 많은 이가 황보세가의 미래는 어둡다고 생각했다.

황보미윤과 젊은 소가주가 있기는 했지만 신뢰를 얻기에는 부족했다. 황보대산이 존재하지 않아도 황보세가가 건재하다는 것을 알려준 것은 최근의 일이었다.

진천이 산동무림에 등장하고 부터였다.

'오대세가가 괜히 오대세가가 아니군.'

천불산은 황보세가의 저력을 느끼게 해주었다. 넓은 토지부터 상단, 그리고 관직을 지닌 자들과의 인맥에 이르기까지 부족함이 없어 보였다.

하나 무공 수위가 오대세가에 비해 부족하고 가주를 제외하면 이렇다 할 무골이 없다는 것이 큰 약점이었다. 체구가 크고 신력을 타고났던 황보세가의 역사를 보면 참으로 의아한 점이었다.

황보세가가 주춤한 이유는 황보대산이 앓아누운 것이 큰 원인이었다.

'낮은 산이라고 하지만 좋은 산이다.'

명산들에 비해 산세가 낮지만 웅장한 멋이 있었다. 산동에서 가장 유명한 산은 태산이었지만 천불산도 그에 못지않은 기운을 가지고 있었다. 그런 정기를 받으며 역사를 이어온 것이 황보세가였다.

진천의 눈에 황보세가의 명패가 보였다. 커다란 문 주위에 무림인들이 몰려와 있었다.

"나를 이리 대할 수는 없소!"

"가주께서 금일 그 누구도 만나지 않겠다고 하셨소."

제법 소란스러웠다. 화려한 복장을 한 사내가 대문을 막아서고 있는 황보세가의 무사를 노려보았다. 사내의 주위에는 많은 재물을 든 짐꾼들이 도열해 있었다. 그리고 호위 무사로 보이는 자들이 사내의 주위에 서 있었다.

"어찌 이리도 냉혹하게 연을 끊어버릴 수가 있는 거요? 오대세가라고는 하지만 너무 거만하군!"

"돌아가시오."

"이, 이이!!"

사내는 문 앞에 서 있는 무인을 노려보면서 이를 갈았다. 주변에 몰려 있던 무림인들이 그 사내를 보며 손가락질을 했다.

"쯧쯧, 이익만 믿고 연을 먼저 끊은 것이 저 진백세가가 아니던가."

"이제 와서 상황이 불리해지니 재물로 어떻게든 해보려는 수작이군."

"황보세가를 몰라도 너무 모르는구려."

사내는 그런 무림인들의 말에 그들을 노려보았다.

"닥쳐라! 천한 것들이 감히……!"

"재물만 믿고 날뛰는 천둥벌거숭이가 말은 잘하는군."

"정도의 뜻을 거르고 이득을 위해 명예를 버렸으니 천한 것은 진백세가이겠지."

분위기가 험악해졌다. 황보세가의 문전에서 검을 뽑아 드는 어리석은 자는 존재하지 않을 것이다. 하지만 화가 머리끝까지 난 사내는 검을 움켜잡으며 주변에 무림인들을 노려보았다.

진백세가의 사내가 검을 뽑으려 할 때 진천이 앞으로 나왔다.

"그만 물러나시는 것이 좋을 것 같소만."

"뭐, 뭐라! 네, 네놈은 뭐냐."

사내가 진천을 노려보았다. 사내는 진천의 모습을 보자마자 주춤 물러났다. 너무나 고귀해 보이는 진천의 모습이 사내를 물러나게 한 것이다. 딱 봐도 잘난 가문의 후계자 같은 분위기가 풍겼다. 하지만 이대로 물러날 수는 없었다. 그러기에는 너무나 멀리 온 것이다. 황보세가의 앞에서 진백세가가 아직 건재하다는 것을 보여주고 싶었다.

그것은 분명 무척이나 짧고 어리석은 생각이었다.

"어디서 온 놈인지는 모르지만 감히 무림세가의 일에 끼어들다니……!"

"무림세가를 논하기에는 귀하의 자질이 부족해 보이오. 황보세가의 문전에서 이 무슨 행패이오? 그만 돌아가시는 것이 좋겠소."

"뭐, 뭐라! 네, 네 이놈!"

사내가 검을 뽑았다. 그러자 무림인들이 혀를 차는 소리가 들려왔다. 황보세가의 무인들도 내력을 일으키며 사내를 주시했다.

사내가 검을 뽑자 호위 무사들은 서로 눈치를 보면서 어쩔 줄 몰라 했다. 설마 황보세가의 문전에서 검을 뽑을 줄은 몰랐기 때문이다.

"저, 저저 아주 가문을 말아먹으려고 작정했군!"

"머리에 뭐가 들어 있는지 모르겠구려."

"쯧쯧쯧. 그나저나 저 소협은 누구인지 알겠는가?"

진천은 사내를 바라보았다. 사내는 검을 뽑아 들었으면서도 눈알을 굴렸다.

패기 있게 검을 뽑은 것은 좋았는데 아무리 생각해 봐도 큰 실수였다. 하지만 이제 와서 검을 다시 넣기에는 애매했다. 적어도 저놈을 누르지 않으면 체면이 서지 않을 것 같았다.

"네, 네놈의 세 치 혀를 원망하거라!"

그렇게 말하며 진천에게 달려들었다. 검에는 탁기가 서려 있었다. 검기라고 부르기에는 초라한 기운이었다.

검은 그럴듯했지만 본신 무공이 너무나 초라했다. 진천은 굳이 검을 뽑을 필요를 느끼지 못했다.

남자는 손속에 사정을 전혀 두지 않았다. 사혈을 노리며 검이 찔러 들어왔다. 진천은 그것을 바라보다가 가볍게 손을 뻗었다.

티잉!!

진천의 손에 남자의 검날이 잡혔다. 진천의 손에서는 검푸른빛의 강기가 치솟아 있었다. 진천의 강기를 보자 남자의 몸이 사시나무 떨리듯 떨렸다.

"오! 저럴 수가!"

"수, 수강인가!"

주변에 있던 무림인들이 감탄을 터뜨렸다. 검기를 담은 검을 손으로 잡는 것은 고수라도 쉽게 할 수 있는 것이 아니었다. 외공의 고수이거나 내가의 고수로서 호신강기를 방출할 줄 아는 자만이 할 수 있는 일이었다.

내력을 일으키며 힘을 주자 남자의 검이 반으로 잘렸다.

"으, 으아아!"

남자가 바닥을 뒹굴며 거리를 벌렸다. 치욕적인 뇌려타곤이었다. 호위 무사들은 어찌할 바 모르며 눈치를 보았다. 어리석게도 검을 뽑아 드는 자들은 없었다.

"이게 무슨 행패인가!"

황보세가에서 무사들이 나오며 그렇게 외쳤다. 바닥에 넘어져 있던 남자가 무사들을 보더니 황급히 입을 떼었다.

"대, 대협! 저, 저자가……."

남자가 떨리는 손으로 진천을 가리키자 무사들의 시선이 진천에게 향했다. 그들 중에 가장 앞에 있던 사내가 진천에게 다가왔다.

진천도 지나가며 언뜻 본 적이 있는 자였다. 분명 황보미윤의 친인척이었다.

"단 공자님 아니십니까?"

"단진천입니다. 소란을 일으켜 죄송합니다."

"아, 아닙니다. 저자를 끌어내려던 참이었습니다. 상황을 정리해 주셔서 감사합니다."

중년의 사내는 극진한 태도로 단진천을 대했다. 단진천에게 입은 은혜를 생각해 보면 당연한 것이었다. 단진천이 없었다면 황보세가는 몰락하여 분열되고 말았을 것이다.

"단진천!"

"단문세가의 단진천이다!"

주변에 있던 사람들이 웅성거렸다. 산동무림에서 단진천을 모르는 자는 없을 것이다.

진백세가의 남자는 단진천이란 말에 뒤로 주춤 물러나다가 주저앉고 말았다. 자신이 누구를 건드린 것인지 깨달은 것이다.

무림백천에 들 것이라 소문이 난 단진천이었다. 무림맹 쪽에서는 인정을 하지 않는 추세이나 산동무림에서는 이미 무림백천에 들었다고 여기고 있었다.

단진천과 황보세가와의 긴밀한 관계를 진백세가도 모르지 않았다.

꿀꺽!

침이 절로 삼켜졌다. 단진천에게 살수까지 썼으니 진백세가의 앞날은 뻔했다.

"그저 작은 오해가 있었습니다."

"단 공자님께서 그렇다면야……."

살수를 펼쳤음에도 그냥 넘어간다는 말이었다.

"역시 산동무림의 영웅이구만!"

"허허, 소문보다 더한 인물이군!"

주변에 몰려 있던 이들은 단진천의 넓은 마음에 감탄했다.

진백세가의 남자도 한시름 놓았다는 표정이었다. 더 이상 이곳에 머물러 있기 싫은지 후다닥 사라졌다. 진천은 그의 뒷모습을 바라보다가 고개를 돌렸다.

진백세가는 이제 언급조차 되지 않았다. 진무방에서도, 황보세가에도 외면받고 있었다. 어쩌면 제갈세가로 갈지도 몰랐다.

'진무방을 접수한 후에 제갈세가를 밀어줘야겠군.'

제갈남진이 순조롭게 제갈세가를 접수한다면 제갈세가에 힘을 보태줘서 이용해 먹는 것도 좋을 것 같았다. 어쨌든 이미 산동은 진천의 손바닥 안에 있었다.

산동의 모든 세력이 진천이 쳐놓은 거미줄에 단단히 묶여 있었다.

"안내하겠습니다. 가주님께서 기다리고 계십니다."

중년의 사내는 진천에게 은밀히 말했다. 은밀히 말했다고는 하지만 집중해서 들으면 들을 수 있을 정도였다. 굳이 숨길 이유가 없다는 표현이었다.

진천은 그를 따라갔다.

황보세가의 건물들은 화려하지 않지만 강직한 선을 지니고 있었다. 오랜 세월의 풍파에도 전혀 흔들림이 없어 보였다.

자연 경관과 어울리며 마치 사찰과도 같은 경건함이 흘렀다. 그것만으로도 황보세가의 올곧은 기질을 보여주는 듯했다.

하나를 보면 열을 아는 법이다.

진천은 황보세가의 평가를 수정해야만했다. 이자들은 속임을 모르며 정면으로 돌파하는 자들이었다.

'황보미윤의 인성을 보면 알 수 있지. 가주는 어떤 자일지 기대되는군.'

뛰어나오는 황보미윤이 보였다. 체면을 잊은 채 경공까지 써서 달려오고 있었다. 주변에서 체통을 지키라고 말하고 있지만 전혀 들리지 않는 듯했다.

"단 공자님!"

"저번 회합 이후 처음 뵙는군요."

"저에게 미리 언질이라도 주셨다면……."

단문세가를 방문했을 때와는 달리 꾸밈이 없는 모습이었다. 황보미윤은 그 모습이 부끄러운 듯했다.

"여기서부터는 제가 안내해도 될까요?"

황보미윤이 중년의 사내에게 묻자 중년의 사내는 진천과 황보미윤을 번갈아 보다가 고개를 끄덕였다. 그는 흐뭇하다는 미소를 그리고 있었다.

확실히 둘의 모습은 상당히 잘 어울렸다. 주변에 있는 호위무사들도 고개를 끄덕일 정도였다.

황보미윤이 황보세가의 가주가 있는 곳으로 진천을 이끌었다. 황보세가의 무인들이 삼엄한 감시를 하고 있는 곳이었다. 친인척이 모두 모인 것 같았다. 황보대산의 생명이 경각에 달했음을 알려주는 대목이었다.

황보미윤은 애써 웃고 있었지만 눈에는 깊은 슬픔이 내려앉아 있었다.

진천은 황보대산이 누워 있는 건물의 문 앞에 섰다. 다른

건물보다 자그마했는데 청명한 기운이 흐르고 있었다. 진천은
산의 기운이 흐르는 곳임을 알아차렸다.

'좋은 곳에 터를 잡았군.'

단문세가도 좋은 곳에 자리를 잡은 편이었지만 황보세가에
비하면 아니었다.

"들어오게."

가라앉은 목소리가 들렸다. 황보미윤은 진천에게 살짝 고개
를 숙였다. 따라가지 않겠다는 표현이었다.

*   *   *

진천은 안으로 들어섰다.

약초 냄새가 그윽하게 퍼져 있었다.

가부좌를 틀고 있는 황보대산의 모습이 보였다. 안색은 창
백했지만 기세만큼은 죽지 않았다. 황보대산의 기세가 건물
안을 가득 채우고 있었다.

"인사가 늦었습니다. 단문세가의 단진천입니다."

"내가 황보대산일세."

황보대산이 그렇게 말했다. 목소리에 담겨 있는 힘이 그가 상
당한 고수라는 것을 알려주었다. 적어도 자신보다는 한 수 위
였다. 황보대산이 곧 황보세가라는 말이 이해가 된 진천이었다.

황보대산은 나름대로 진천을 훑어보았다. 적당히 예를 갖추면서도 굽히지 않는 당당함이 마음에 들었다.

게다가 진천을 보자마자 구관호를 꺾은 것은 운이 아니라 실력이라는 것을 알 수 있었다.

'젊은 나이에 대단해. 젊었을 적 무림맹주를 보는 것 같군.'

황보대산의 상태는 좋지 않았지만 사람을 보는 눈이 죽은 것은 아니었다.

황보미윤이 진천을 특별하게 생각하는 것을 알고 있었다. 처음에는 마음에 들지 않았다. 은인이라고는 하나 그는 제남의 천둥벌거숭이라 소문난 자였다.

그랬던 자가 지금은 산동무림의 영웅으로 불리고 있었다. 출세와 이익을 위해 모두가 진무방의 눈치를 보기 급급할 때 그가 무림인들을 한곳에 모은 것이다.

게다가 그는 구관호를 검으로 꺾었다. 구관호가 자신보다 두 수 정도 아래이기는 하나 결코 쉽게 볼 자가 아니었다. 약관을 넘은 젊은 청년이 상대할 수 있는 자가 결코 아니었다.

'잠룡이라… 단지 그런 것인가? 죽은 줄만 알았던 단문세가의 저력인가.'

단문세가의 가주는 그와 면식이 있었다. 무공을 겨뤄보지는 못했지만 뛰어난 자라는 것은 단 한 번의 마주침으로 알 수 있었다.

'단진천, 알 수 없군.'

황보대산의 마음은 복잡했다. 그저 뛰어난 자라면 기쁜 마음으로 맞이했을 것이다.

황보세가를 등에 업고 날아오를 수 있도록 도와주었을 것이다. 하지만 황보대산이 본 진천은 황보세가의 그릇에 담을 수 있는 자가 아니었다.

너무나 거대한 자였다.

죽음을 목전에 두었기 때문일까? 황보대산은 왠지 그것을 알 수 있었다.

"황보세가가 자네에게 큰 빚을 졌네."

"당연한 일을 했을 뿐입니다."

"당연한 일이라……. 그것을 행하는 것이 가장 어려운 일이지."

진천은 황보대산을 바라보았다. 그는 아직 죽어서는 안 될 핵심 인물이었다. 산동무림은 아직 그가 필요했다.

진무방에 대한 견제, 무림맹과의 관계, 제갈세가.

그 모든 것을 가지고 계산해 봐도 황보대산은 살아야 했다.

"원하는 것이 있는가? 자네는 미윤이를, 더 나아가 황보세가를 지켜준 은인일세."

황보대산은 진천이 미윤이를 원할 것이라 생각했다. 그것은 몸을 일으키는 호랑이와도 같은 단문세가에 날개를 달아줄 것이 분명했다.

황보대산이 본 단진천은 똑똑한 자였다. 그리고 인내심도 많은 자일 것이다. 천둥벌거숭이라는 오명을 참으면서 무공을 연마하고 때를 기다리는 것은 보통의 젊은이가 할 수 있는 일은 아니었다.

"하나 여쭈어도 되겠습니까?"

"말해보게."

"독에 당하신 겁니까?"

황보대산의 표정이 굳어졌다. 독에 당한 것이 맞았다. 완숙한 화경의 경지에 이르러 현경을 바라보는 그였지만 만독불침은 아니었다. 현경에 이른다고 해도 만독불침이 가능할지 의문이었다.

오랜 기간 동안 산공독에 가려진 사혈독은 조금씩 그의 몸을 피폐하게 만들었다. 그는 독에 중독된 것을 알아차려 독을 몰아내기 위해 폐관에 들어갔다. 그런 그의 등 뒤에서 날카로운 비수를 찌른 것은 황보중자였다.

황보중자는 호위 중 하나에게 누명을 씌웠고 황보세가에 원한을 가진 사파잡졸들의 수작이라 말했다. 황보세가가 급격히 기운 것은 그때부터였다.

황보대산에게 실수가 있다면 황보중자를 가족이란 이유로 끝까지 믿은 것뿐이었다. 황보중자의 야망을 알아차렸지만 가족이란 이유로 방치해 놓은 것이 화를 불러왔다.

'결정적인 계기는 그들이 제공했겠지.'

진무방과 관련된 증거가 있었다. 그것을 산동무림에 알리게 된다면 진무방은 무림 공적으로 몰릴 것이다. 황보대산은 때를 기다리고 있었다. 자신의 죽음이 산동무림의 정의를 세울 것이다.

"독이었네. 산공독과 사혈독이었네. 결정적인 것은 비수에 묻은 독이었지."

진천이 물었기에 자존심을 내려놓고 말한 것이었다. 대놓고 치부를 드러낸 것이다. 그의 표정이 좋지 않은 것을 보면 그의 심기가 무척이나 불편하다는 것을 알 수 있었다.

"실례가 되지 않는다면 제가 한번 살펴봐도 되겠습니까?"

"자네가? 화타가 살아와도 고치지 못할 것이네. 자네가 무엇을 하려는지 모르겠으나 그만두게나."

"제 바람이 무엇인지 물으셨지 않습니까? 다른 건 바라지 않습니다. 저를 보름만 믿어주십시오."

황보대산의 눈동자에 이채가 서렸다.

눈앞에 있는 단진천이란 젊은 무림인은 오대세가인 황보세가를 구한 대가로서 자신의 몸을 살펴볼 권한을 달라고 하고 있었다. 그리고 보름만 믿어달라고 했다.

무언가 방도가 있으리라고는 생각하지 않았다. 하지만 황보대산은 자신이 말한 것을 지키는 남자였다. 자신이 죽기 전에 그것으로 빚을 갚을 수 있다면 들어주어야 했다.

'미윤이가 아쉬워하겠군.'

오늘에서야 은근슬쩍 황보미윤이에게 단진천이 올 것이라고 언질을 준 황보대산이었다. 미윤이 화들짝 놀라며 치장하러 가는 사이에 진천이 도착한 것이었다.

"알겠네. 그것으로 빚은 끝일세."

"예, 감사합니다."

황보대산은 숨을 내쉬며 손을 진천에게 내주었다. 진천은 차분하게 그의 맥에 손을 가져다 대었다. 황보대산의 몸을 갉아먹고 있는 독을 느낄 수 있었다.

'심각하군.'

자신의 몸이었다면 독 따위는 사혼단에 모두 먹혀 버렸을 것이다.

진천은 만독불침이라 불러도 무방했다. 부정한 것은 그를 흔들 수 없었다. 진천이야말로 부정 그 자체였고 역천이었기 때문이다.

그나마 다행인 것은 내공을 모두 잃었지만 선천지기는 아직 남아 있다는 점이었다. 그의 정신력이 독의 침입을 막고 있었다. 선천지기마저 독기에 물들면 그의 생명은 거기서 끝날 것이다.

'혼기라면 가능성이 있을지도 모르겠군.'

사기와 정기를 모두 지닌 것이 바로 혼기였다. 수라역천신공의 근간을 이루는 기운이었다. 하나 내공의 형태로 보이기에는 위험부담이 많았다. 자신의 능력은 결코 들켜서는 안 되었다.

'환단으로 만든다면……'

환단으로 만든다면 숨길 수 있을 것이다. 이미 수라환단을 만든 진천이었다. 진천은 약재를 만드는 방법을 알고 있었다. 과거 그의 주 수입원이 바로 약재였으니 말이다.

약재 하나로 가문을 세운 진천이었다. 무공에는 재능이 없었지만 약재를 만드는 것은 그의 특기라고 볼 수 있었다.

진천은 맥에서 손을 떼고는 뒤로 물러났다. 황보대산은 진천을 바라보았다.

"그래, 어떻던가?"

"심각합니다."

"모두가 그렇게 말했지. 깨어난 것 자체가 기적이라고 하며 말일세."

깨어난 것 자체가 기적이었다. 그의 올곧은 정신력이 없었다면 진즉에 죽었을 것이었다.

진천은 망설이는 듯한 표정을 하다가 입을 떼었다.

"지금부터 제가 하는 이야기를 믿어주실 수 있겠습니까?"

"말해보게."

황보대산은 망설임 없이 그렇게 말했다.

"사실 제가 젊은 나이에 고절한 내공을 지니게 된 것은 고인(高人)의 가르침을 받았기 때문입니다. 그분께서 우화등선하시기 전에 많은 가르침을 받았습니다."

"고인이라… 기연이로군. 그렇다면 무공을 전수받은 건가?"

진천은 고개를 저었다.

"무공이 탐나기는 하나 가문의 무공이 있는데 어찌 다른 것을 익힐 수 있겠습니까?"

"대단하군. 어리석을 정도로 대단해."

황보대산은 감탄했다. 진천의 내공 수위는 화경이 분명할 것이다. 황보대산은 진천에 대한 경계가 풀렸다. 이해할 수 없는 무공 수위에 대한 의문이 풀린 것이다.

'단문세가의 올곧음은 기연을 부를 만하다.'

황보대산의 얼굴에는 옅은 미소가 떠올라 있었다.

"무엇을 받았는가?"

"단지 환단 두 알과 제가 갈 길에 대한 가르침을 받았을 뿐입니다."

황보대산은 고개를 끄덕였다. 진천에 대한 경계가 사라지니 그가 상당히 마음에 들었다. 마치 무를 위해 타고난 듯한 골격을 지니고 있었다. 자신이라도 가르침을 내려주었을 것 같았다.

"그것을 나에게 말하는 연유가 무엇인가?"

"남은 하나를 드리겠습니다."

"뭐라?"

황보대산은 깜짝 놀라며 진천을 바라보았다.

"얼마나 효능이 있을지는 모르지만……."

"자네는 욕심이 없는 건가? 그런 귀한 물건을 어째서 나에게 준다는 것이지? 게다가 효능을 장담할 수 없지 않은가."

"한낱 영약보다 사람의 목숨을 구하는 것이 더 의미가 있는 일이겠지요. 그렇기에 무공을 익힌 것입니다."

"허허……."

진천은 확실하게 효능이 있을 거라고는 장담할 수 없었다. 하지만 어차피 황보대산이 죽을 것이라면 시도를 해볼 가치는 있었다. 죽은 황보대산보다 산 황보대산이 더 쓸모가 있었다.

황보대산을 살림으로써 진천은 더 도약할 수 있을 것이다. 황보세가를 등에 업고 무림맹에 진출하는 발판을 마련하는 것이다.

황보대산은 진천의 말에 눈을 감았다. 한참을 그렇게 있다가 눈을 떴다.

"거절하겠네."

"제 부탁을 들어주신다고 하지 않으셨습니까?"

"끄응."

황보대산은 결국 고개를 끄덕일 수밖에 없었다. 분명 할 수 있는 부탁은 뭐든 들어준다고 했으니 받아들여야 했다.

구명지은보다 더 큰 은혜는 없을 것이다.

"성과가 어떻든 자네는 황보세가의 은인일세."

"아닙니다. 당연한 일일 뿐입니다."

"당연한 일이라……. 허허, 그렇게 말할 수 있는 자가 과연 몇이나 될까."

진천이 말한 영약은 분명 천금과도 바꿀 수 없는 것이었다. 그런 것을 아무 욕심 없이 내줄 수 있는 자는 많지 않다. 득도 했다고 알려진 무당파의 장문인 정도가 되어야 하지 않을까?

"빚을 떨쳐 내려다 더 큰 빚을 지게 생겼군."

황보대산은 복잡 미묘한 얼굴이었다. 황보대산은 진천을 바라보았다. 보면 볼수록 잘생긴 것 같았다. 천하제일세가라는 남궁세가의 소가주보다 훨씬 나아 보였다.

인물도 좋고 무공도 잘해, 게다가 성품까지 완벽하다. 뿐만 아니라 산동의 젊은 영웅이라 불릴 정도로 명성까지 갖추었다. 가문까지 완벽했다. 과거에 비한다면 손색이 있겠지만 황보대산이 기억하는 단문세가는 명문 무가였다.

'더 이상 완벽할 수 없겠어.'

황보대산은 욕심이 생겼다. 눈앞에 있는 진천이 황보세가의 무공을 펼치게 하고 싶었다. 분명 남궁세가의 콧대를 누를 수 있을 것 같았다.

"흠흠, 그건 그렇고. 내가 하나 물어도 되겠는가?"

"예, 말씀하시지요."

"미윤이를 어떻게 생각하나?"

진천은 황보대산의 물음에 잠시 생각했다.

"무공은 부족하지만 그것을 감당할 수 있는 지모를 지녔다고 생각합니다."

"그, 그렇군."

표정 변화 없이 그렇게 말하는 진천을 보며 황보대산은 난생처음 애가 탄다는 마음이 이해가 되었다.

'미윤이를 위해서라도 더 살아야겠어.'

황보대산은 고개를 끄덕였다. 거의 포기했던 삶의 의지가 불타오르고 있었다. 그의 정신력이 더욱 굳건해진 원동력은 재미있게도 진천이었다.

＊　　　＊　　　＊

진무방의 금조위는 진무방에서 실질적인 이인자였다. 진무방주 다음의 영향력을 가지고 있었고 참모 역을 하고 있었다.

금조위는 야망이 큰 사람이었다. 진무방을 구파일방의 못지 않은 문파로 키우겠다는 야망이 있었다. 한때 그 가능성이 보이는 듯했지만 지금은 아니었다.

'단진천이라 했던가.'

이가 으득 갈렸다. 그가 예상하지 못할 때 갑작스럽게 일이 터지더니 진무방의 위치가 위태로울 지경이 되었다. 이미 산동무림에서는 발을 디딜 곳이 없을 지경이었다.

만약 명분이 있었다면 산동무림인들이 모두 들고 일어나 진무방을 축출했을 것이다. 뚜렷한 증거가 없는 것이 시간을 벌게 해주었다.

'마교, 오히려 마교를 따르는 것이 나을 수도 있다.'

그의 짐작이 틀리지 않는다면 마교는 힘을 기르고 있었다. 가장 평화로운 시기가 도래했지만 마교는 끊임없이 세력을 확장하고 있었다. 무림맹은 마교를 깔보고 있었다.

'이것이 기회가 될 것이다.'

단진천과 황보세가를 제거하고 제남을 손에 넣을 것이다.

쉬이익!

흠칫!

금조위는 서늘한 기분에 몸을 흠칫 떨었다. 그러고는 서서히 뒤를 바라보았다.

"진무방 참모, 금조위?"

"그렇소."

"마교, 마영대다."

살수가 금조위의 뒤에 서 있었다. 금조위에게 그렇게 말한 살수 뒤로 많은 살수가 흉흉한 기세를 뿜어내며 모습을 드러냈다.

'고수다!'

살수는 고수였다. 하나하나의 실력이 절정 이상이었다. 게다가 가장 정면에 있는 살수는 결코 자신의 아래가 아니었다.

마교의 마영대를 본 순간 금조위는 승리를 직감했다. 이 정도의 살수라면 황보대산과 진천을 제거하는 일은 무리가 아닐 것이다. 황보세가를 단번에 몰락시킬 수는 없었지만 목적은 황보대산과 진천이었다. 그 둘만 확실히 제거할 수 있다면 후일을 도모할 시간을 벌 수 있을 것이다.

'제갈세가에 뒤집어씌우면 되겠어.'

이미 계획은 다 짜여 있었다. 제갈세가의 흔적을 남길 생각이었다. 금조위와 마영대주의 눈이 마주쳤다.

이제 돌이킬 수 없었다.

누가 죽든 죽을 것이다

『역천마신』 3권에 계속…

FUSION FANTASTIC STORY

말리브해적 장편소설

MLB
메이저리그

Book Publishing CHUNGEORAM

유행이아닌자유추구-
WWW.chungeoram.com

이경영 판타지 장편소설

FANTASY FRONTIER SPIRIT

그라니트

용들의 땅

GRANITE

사고로 위장된 사건에 의해 동료를 모두 잃고 서로를 만나게 된 '치프'와 '데스디아'.
사건의 이면에 상식을 벗어난 음모가 있음을 알게 된 둘은
동료들의 죽음을 가슴에 새긴 채 각자의 고향으로 돌아간다.
2년 후, 뜻하지 않게 다시 만난 두 사람은 동료들의 복수를 위해
개척용역회사 '그라니트 용역'을 설립해 다시금 그 땅을 찾게 되는데……

용들이 지배하는 땅 그라니트!
그곳에서 펼쳐지는 고대로부터 이어지는 운명적 만남,
깊어지는 오해, 그리고 채워지는 상처.

『가즈 나이트』시리즈 이경영 작가의 미래형 판타지 신작!

Book Publishing CHUNGEORAM

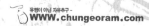

FUSION FANTASTIC STORY

인기영 장편소설

리턴 레이드 헌터

Return Raid Hunter

하늘에 출현한 거대한 여인의 형상……
그것은 멸망의 전조였다.

『리턴 레이드 헌터』

창공을 메운 초거대 외계인들과
세상의 초인들이 격돌하는 그 순간.
인류의 패배와 함께 11년 전으로 회귀한 전율!

과연 그는, 세계의 멸망을 막을 수 있을 것인가.

**세계 멸망을 향한 카운트다운 속에서 피어나는
그의 전율스러운 이야기!**

Book Publishing CHUNGEORAM

유행이 아닌 자유추구 -
WWW.chungeoram.com